鞋子告狀：琦君寄小讀者

增訂新版

琦君 著

給小讀者寫信，可以忘憂

來美以後，非常非常之想念國內的小讀者們。每回翻開報紙的兒童版，讀到小朋友們自己寫的文章時，他們每一張天真快樂的臉，都會浮現在我眼前。尤其是收到從出版社或報社轉來小朋友們的書信和照片時，更是溫暖在心頭。但因隔了半個地球，書信輾轉費時，讓小朋友們久盼，我心中感到很抱歉。

在異國生活，有許多感想或新鮮的事兒，如果個別的寫信，就只有收信的小讀者看到，因此中華兒童的主編，就讓我借該刊的一角，不定期的刊出書信，就可以有更多的小讀者看到了。一年來，陸陸續續也寫了二十多篇啦！

在臺北時，常有小讀者打電話來，要跟我聊天。有的問我某某篇裡寫的故事是不是真的，有的問我小時候怎麼會有那麼多頑皮事，有的告訴我愛寵的小貓被汽車壓死了好傷心。天真的小朋友們，充滿愛心，也充滿好奇心，和他們聊天，真正可以忘憂。

如今遠隔重洋，每一想起他們來，就覺得有許多話要寫，因此給小讀者們寫信，也是我旅居生活中一分心靈上的享受。

我所寫的，有的是小狗小貓、小花小草的瑣瑣碎碎故事，有的是我來美前匆匆經過歐洲的心影，不是遊記，只是零零星星的小感想，或是自己這個鄉巴佬出洋相的事，說給小朋友們聽，他們一定笑得嘴巴像木魚！

現代科技文明，可以利用長途電話、錄音、錄影等，把空間縮小，使遠隔兩地的人，在剎那間可以聞聲見面。但我仍舊覺得，用文字寫下的書信，雖沒有聲音和形象，而對於彼此心靈的溝通，那是更雋永有味，我在收到小讀者們的信時，心頭常有這種感覺，相信小讀者們讀到我的書信時，也會有同樣的感受吧！

這本集子裡的插圖是我自己的「傑作」。我原來就只會畫那一百零一張的「琦君幼年時」的自畫像。只因在給小讀者寫信時提到我心愛的小玩意兒，它們都一字兒排在書桌前陪伴我，就不由得隨意照著描下來，這樣個從來沒經過訓練的「非畫家」的畫，只是附給小朋友們逗樂的，如今竟印到書上，自己想想，真要得「最佳勇氣獎」呢！

琦君

民國七十四年五月

紐澤西州

本書原名《琦君寄小讀者》，於民國七十四年由純文學出版，並榮獲新聞局優良圖書金鼎獎。民國八十五年由健行重排，現改由九歌精編精印，再度隆重推出。

——編者

目錄

小松鼠

親愛的小朋友：

你給我的信，已由出版社萬里迢迢地轉來，看了令我好感動，好開心。使我這一天做事都精神百倍了。

你稱我婆婆，又稱我阿姨，是因爲你覺得以我的年齡應當稱我婆婆奶奶，但看我的文章，卻又像二、三十歲的人，你這話樂得我飄飄然，比得個什麼文藝大獎章還開心。你就叫我婆婆阿姨好啦！我的小朋友和年輕朋友非常多，對我的稱呼都憑他們的感覺，這樣才自然呀。

你小小年紀，卻是頗有見地，認爲「小孩子喜歡看能吸引他們看的文章，陳腔濫調就很容易造成一群早熟的小毛頭。」眞是一點不錯。寫文章要自然、眞誠而又清新平實。我不喜歡想些奇奇怪怪不合情理的事來寫，總是心裡眞有什麼感想才寫。寫的時候老是想：「我這些話是不是誠誠懇懇、明明白白地寫出我心裡要表達的意思呢？每句句子念起來都順口嗎？」每篇文章，我都要念好多遍，自己看順眼了，聽順耳了，才寄出去。有時忽然想到哪一句哪一個字不妥當，還要打電話請主編代爲修改呢，我覺得這樣才心安。

你知道我很喜歡小狗小貓，你也很喜歡，時常在路上抱了無主的可憐小貓咪小狗回家，挨了媽媽一頓罵。你這種心情我很了解。我兒子小時候也是這樣，我們母子二人幫著替病貓洗爛眼睛、治爛瘡。但得偷偷地瞞著他爸爸，因爲權威的爸爸不喜歡，總是一副大男人主義地說：「丟出去。」嚇得我們只好把牠們藏在後陽臺。但小動物吃飽了，睡足了就要跑出來散步的呀，在紗門上抓，把紗門都抓得百孔千瘡，害我們不知如何是好。我又得外出上課或辦事，日子多了，我兒子就沒心思管了。但見到病貓還是要抱進來，家裡變成動物病院可不行呀，我只好也阻止他。見到可憐無主小動物，只好把心一橫，趕快走開，但這樣做心裡好不安。我現在腦海中一直浮現著許多小動物，一對對求助的眼神望著我，可是這是一個永遠無法解決的矛盾問題。所以你不要怨媽媽不讓你養貓狗，媽媽每天都很忙，你如不能全心照

顧，她就得照顧，增加她工作和心理的負擔。但願我們的衛生機構，能夠有一個健全完備的無主動物病院，好好收留牠們，免得牠們餐風飲露，受凍挨餓才好。

美國人有的愛貓狗又未免太過分。富豪人家竟然給他們的寵物專門布置一間憩息間、玩具室，吃飯時給牠們放音樂。還給牠們穿彩色毛背心，頭上紮著絲帶，牠們的美容院可能比人類的還貴。你說這是不是太過分了呢？他們這種愛法，只是滿足自己的奢侈慾望，也是爲了自我炫耀，那裡是眞心愛動物呢？試想動物身上自己就有柔軟的毛髮，爲牠們保持清潔是應該的，給牠們穿上衣服，牠們會舒服嗎？給牠們這樣的錦衣玉食，不是爲了自己的消遣娛樂而折騰牠們嗎？試問人們給牠紮上絲帶，梳兩根辮子，牠自己懂得這是美麗嗎？牠一點也不知道，發起脾氣來，還不是三兩下就給抓下來了。

我國儒家說：「上天有好生之德。」這分好生之德就是順應自然，不要無故作踐小生命，不要爲了自己的需要飼養動物，卻又無心好好照顧，這等於虐待牠們了。

記得在臺北公寓時，前後左右好多鄰居養狗，都把狗用繩子拴在陽臺上，自己全家外出，由牠整天悽悽苦苦地哀叫。我聽了好不忍心，卻又一籌莫展。有一隻狗，我每跨出後陽臺，牠就朝我拜，拜得我好心酸，所以我每天都去後陽臺陪牠，隔著一條巷子和牠說一陣話。後來那隻狗還是死了，死了倒好，牠活得好受罪、好寂寞啊。

你信紙角上那一對頑皮的小鼠小貓好可愛（信紙背面畫的小熊也好可愛）。老鼠和貓靠得那麼近、那麼親熱，怎不令人感動。這啓示了我們人類應當如何地坦誠相處、相親相愛，世界一定永遠沒有戰爭。因爲所有的敵人，都化爲朋友了。眞有那麼一天該多麼好？可是這是夢想，連宗教家都野心勃勃，像兩伊戰爭，信仰同一種宗教都殺來殺去，更別說懷抱政治野心的人了。但我們也不要灰心悲觀。我總是相信佛家的一句話：「一念之善，便得善果。」你漸漸長大以後，一定會體味到這個道理的。這是我虔誠信佛的媽媽，在我幼年時就講給我聽的，至今我都牢牢記得。

你問我會不會寫新詩？我不會，只會作點有韻的古老舊詩，但已很多年不寫了。前天我守著窗兒，看暖和的陽光裡，小松鼠從樹上滑下來，在草地上蹦跳，好活潑可愛。我跑去看牠，就學寫了幾句，完全是平鋪直敘的兒歌：

小松鼠
在青草地上
舉起雙手
朝我拜拜
我扔給你花生
你捧起來吃了
再向我拜拜
我走近你　輕悄悄地說
小松鼠過來
　　我喜歡你

你卻一溜煙跑了
爬上了樹梢
好遠　好高啊
小松鼠　下來
陪陪我嘛
我好寂寞啊

這就是我的「詩」了，你看了以後，會不會也像你說我似的，笑得直不起腰呢？祝
健康

琦君阿姨

斷腿娃娃和小狗

親愛的小朋友：

到美國已經兩個多月了。心情老是恍裡惚氣的，像丟了一樣什麼東西似的。今兒又坐在書桌前發愣，卻看見檯燈下三寸高的小女娃兒在對我笑。她身邊一隻胖嘟嘟的小狗，舉起兩隻前腿，向我撲來。牠們好像在對我說：「阿姨，不要懊惱，不要寂寞，有我們陪你呢。記不記得在哥本哈根一爿小店裡，你把我倆捧回來的情景呢？那時你是多麼高興啊！」

我怎麼不記得呢？那確實是我旅途中最最高興的一天。因爲李叔叔辦完公事只有半天的空閒，雖不能參加遊覽車到遠處觀光，卻可以在附近逛街。我們的旅社，就在一條四通八達最最熱鬧的街道附近。對面是一條窄窄的街，不許車輛行駛，只供遊客購買紀念品，所以稱爲「行人街」。走進行人街，就像進入快樂兒童之宮。我無心去看那些名貴的琥珀珠寶，一雙眼睛只是望著可愛的小玩意、小擺飾。可是有的價錢實在太貴，只捧在手裡摸摸看看，又萬分無奈地放下。李叔叔站在一旁，總是說：「走吧走吧，看不完的，也買不了這麼多的。這一路上，你怎麼帶呀。」我好生氣啊！他是個非常非常實際的人，什麼東西都要想到它的用途，他說：「小玩意多累贅，有什麼用呢？」我說：「這是生活藝術，不能以用途來衡量它的價值的呀。」他說：「既是藝術，就應當只欣賞而不必占爲己有，你又何必非把它買回來不可呢？」小朋友，你說他多會強辯？反正他就是個實用主義者。說實在的，我們也不能不控制荷包。這一路上還得住宿吃飯的呀。最後他只選了五根鑰匙鍊。上面有一個金色小鈴鐺，鈴鐺上面刻著丹麥國旗，表示他已到此一遊了。我呢？貪婪地選了五個女娃娃，是最小的一種。每個不同的打扮，不同的衣服顏色，都梳有兩條辮子。眼睛藍藍的，會張會閉。其中一個穿淡水藍長裙的，我最最喜歡，卻發現少了一條腿。我問店員還有沒有同樣的，她說沒有了。李叔叔說：「不要她嘛，殘廢的有什麼意思？」一聽說「殘廢」二字，我反而把她捏得更緊。她那一對會說話的眼睛好像在對我央求：「收留我吧，你如不要我，就沒有人會要我了。」店員看我一直捏著不放，笑一笑說：「這個缺一條腿，也無法修補，好在長裙遮住看不見，就送給你吧。」我好高興，謝了又謝。猜想她一定以爲我是個外國旅客，把錢都花得不名一文了，如果不把這斷腿娃娃送我，說不定我還會偷呢。

回過臉來，我又看到一隻迷你小狗，白瓷上藍色花紋，一雙前腿高高舉起，那副逗人愛的憨態，叫你非把牠捧在手心不可。牠也像在對我央求：「買了我吧，你不是正好還剩下兩塊錢嗎？買了我，我就可和小娃娃一直陪伴你了。你不在家

時，小娃娃也有我作伴呀。」於是我取出錢來，對店員說：「我還要牠。」她的笑容更和善了，說：「算你一塊五吧。」不知她爲什麼這樣慷慨地對我？是不是我這個老頑童滿臉的稚氣感動了她呢？

我把五個洋娃娃、一隻小狗捧回旅社，一字兒排在床上，一直摸、一直看。小朋友啊，我覺得世界上最最快樂的，莫過於忽然獲得在童年時代一直夢想而一直得不到的心愛東西。

小時候住在鄉間，難得由媽媽帶去城裡見世面，看百貨公司櫥窗裡眼睛會開會閉的洋娃娃，就把鼻子貼在玻璃窗上盯著看。鼻子都磨癟了，媽媽都不會給我買。媽媽會縫布娃娃，嫌洋娃娃太貴了。還有大玻璃瓶裡，亮晶晶五彩錫箔紙包的巧克力糖，我好想吃啊！就用手指頭在瓶子外面摸，再放在舌頭上舔，好像手指頭都是甜的呢。可是媽媽說：「這是外國糖，苦苦澀澀的，有什麼好吃？我們鄉下的麥芽糖多好，又甜又補，一個銅板買一大堆了。」媽媽總有道理，我只好拉著她裙子抹眼淚，嚥口水。

巧克力糖不吃也就算了，因爲一下肚子就化爲烏有了，但如果有個洋娃娃，就可以玩一輩子的呀。只因爲媽媽捨不得給我買，我就一直沒有一個心愛的洋娃娃。我儘管一年年地長大，長大到今天，已經七老八十了，仍然愛洋娃娃。這回一下子有了五個，怎麼能不高興呢？

可是一路上，遇到朋友的小女孩，爲了表示友情，爲了要和她們分享快樂，我還是把娃娃一個個地送給她們。心裡雖然萬分捨不得，但我知道她們愛娃娃，會好好照顧她們的。最後，就只剩下這個斷了腿的殘廢娃娃，我也格外地疼她愛她。就把她留在身邊（當然也沒哪個會要她的）。她的臉蛋兒還特別的甜美。她和頑皮小狗在一起，一點也不會寂寞，有他們作伴，我也不再寂寞了。

夜已深，娃娃和小狗在催我睡覺了，下次再談。祝

你們健康進步

琦君阿姨

寂寞的美人魚

親愛的小朋友：

一聽到「美人魚」三個字，你們眼前浮現的，可能是海灘邊穿著五顏六色美麗泳裝的少女們，在碧藍的海水中載浮載沉。或者呢？也可能會幻想海上凌波微步的仙子，衣帶翠袖輕飄，忽爾是眼波流盼的美人，忽爾是優游自得的魚兒，這情景多美啊。

可是我現在要告訴你們的美人魚，卻是丹麥的一處遊覽勝地。一位傷心的少女，寂寞地坐在一塊岩石上，雙腿並排兒彎向一邊，小脛以下卻變成一條魚尾。她低垂著頭，眼睛一直凝望著海水深處。小朋友，你知道她為什麼要這樣望著嗎？原來她是在盼待一個男孩子的歸來。

一位朋友告訴我們，一對純潔的青年情侶，為證明他們生死不渝的愛，雙雙來到海濱，作並肩長程游泳，即使遇到驚濤駭浪，絕不退縮，絕不分離。游著游著，大風浪真的來了。女孩體力有限，將要沉沒下去了，男孩掙扎著救起她，把她拖上岩石，自己卻被一個大浪潮捲走了。女孩傷心欲絕地坐在這塊岩石上癡癡地盼望等待。風中、雨中，披星戴月，日曬夜露，永不再離開。年長日久，她變成了半人半魚。丹麥人為了紀念她愛情的堅貞，為她鑄了銅像，供遊人憑弔。

我在她身邊站了好久，用手撫摸她的肩膀。她長髮披到腰間。她含悲凝睇望著浩瀚海洋，默無一語的神情，使我想起我國楚辭中描寫湘水女神的句子：「帝子降兮北渚，目眇眇兮愁予。嫋嫋兮秋風，洞庭波兮木葉下。」小朋友知不知道這幾句詩的意思呢？我們古代的詩人，描繪出一位湘水女神，體態輕盈地降到一塊小島上。她的眼神是憂鬱的，微風吹起洞庭湖的水波，木葉紛紛飄落下來。這不是一幅非常蕭疏寂寞的情景嗎？湘水女神一定也在盼待她的情人吧。但是她的盼待卻不像這位美人魚那麼絕望。

其實美人魚的故事是如此的簡單，無論中外，愛情就是最簡單卻也最刻骨銘心的。這就是詞人爲什麼要嘆息：「問世間情是何物，直教人生死相許」了。

我國古代不是也有「望夫石」的故事嗎？一個少婦，爲了盼望丈夫歸來，天長地久，變成了一塊石頭。我又想起十多年前訪問韓國時，遊覽慶州佛國寺。看見大庭院中兀立著兩座花崗岩石塔。一座名爲多寶塔，建築華麗，是國王藏寶的處所。另一座釋迦塔，是專門藏佛經的。釋迦塔又名無影塔，其中包含著一段纏綿悱惻的故事。傳說當年造塔工人離家去慶州時，對他妻子說：「塔造好時，我們家後院池塘中會出現塔的影子，那時我就會回來了。」他走後，妻子望著池塘，年復一年，直到十多年，池中始終沒有出現塔影。她憂傷萬分，就跋涉到慶州去找丈夫。到了佛國寺，看見寺裡有一個池塘，其中就有塔的影子。她高興極了，可是路人卻告訴她丈夫已經死了。她傷心到極點，就投入池中自殺殉情了。那知她丈夫並沒死，急急趕來，已經太晚。他跪在池邊，淚水滴滴落在池中，池中的塔影就漸漸隱去，永不再出現，因此「釋迦塔」亦稱「無影塔」。傷心的丈夫也出家當和尚去了。

這個東方的女性，和丹麥的美人魚，雖然是異地不同時，但她們在天之靈，如能相遇的話，就可彼此傾訴，不會感到寂寞了。

小朋友，你們年紀還小，我實在不應當講這樣傷心的故事，賺你們的淚水。但情的含義是既廣且深的。一個對愛情堅貞不二的人，對國家民族，對家庭親子一定是忠貞不移的。對個人的學問事業，也一定有一份執著到底的精神。革命先烈林覺民先生的〈與妻訣別書〉，爲什麼那樣感人，就因爲他愛國家，也愛妻子。戰國時代的大詩人屈原所作的離騷，常常用對美人芳草的一往情深，來比喻他自己對祖國的熱愛，鄉土的難忘。

所以我要告訴小朋友們，你們在家愛父母，在校愛老師同學，學成後服務社會，就熱愛工作。這份愛，也就是我們至聖先師孔子所說的「仁」字。你看「仁」字不是兩個人嗎？一切的情愫，都是由兩個人之間開始，然後擴充到社會、國家，甚至全人類，那也就是　國父孫中山先生世界大同的偉大理想了。

佛教的慈悲、基督的博愛，和孔子的仁都是一個道理，也就是我們五千年的立國精神，凡是違反「仁」的精神的，必然覆亡。

小朋友，我也許說得太嚴肅了點，但因我心中感觸太多、太深，就不由得向你們嘮叨個沒完了。

好了，下次給你們寫件有趣的事兒，你們可別笑我鄉巴佬出洋相喲。　祝

你們健康進步

琦君阿姨

空白的羅馬假期

親愛的小朋友：

上次給你們的信，已經看到了吧。我說過要把經過歐洲，一路行來一些有趣的小事兒說給你們聽，但並不是遊記。因爲現在旅遊業發達，人人都幾乎可以「跑天下」。寫遊記，許多遊記都寫得那麼生動，我卻是最最拙於寫遊記的人，小朋友如果看我的遊記，還不如看電視上「天涯若比鄰」的節目，才是多采多姿，令人賞心悅目呢。

說實話，我這次經過歐洲，可說「旅」而未「遊」。因爲我不是參加旅行團專心遊覽，而是以李叔叔的眷屬身分，隨著他的調差，並因公務訪問歐洲許多個與他業務有關係的國家。每到一處，他是公事第一，遊覽卻是走馬匆匆，害得我也頭腦空空。只記得機場與旅社進進出出，各國的錢幣換來換去。

每到要離去時，口袋裡都剩下一大把瓜子似的零錢。上飛機以後，掏出來慢慢地數，慢慢地算，卻是怎麼算也算不清。反正這些錢換一個國家就等於作廢了，好可惜。本來可以利用它在機場買點小東西的。但是一大把零角子怎麼也湊不起一個恰好的整數，趕飛機時間又迫促，只好忍痛犧牲，留下作紀念吧。帶回國以後，還可以分贈小朋友們呢。

從新加坡到意大利的第一站是羅馬，住進旅社，李叔叔就全神貫注地整理資料，用標準的「四川英語」與對方負責人約定會談時間，不久就走了。留下我方向不辨，錢幣不識，言語不通（意大利人的英語好難懂啊）！只好窩在旅館裡孵豆芽。

餓了去樓下餐廳吃些小點心，喝杯濃得又苦又澀的咖啡，簽上房間號碼總結帳，就不必付現鈔，免得算不清的煩惱。悶了只能到附近走走，又怕走太遠迷了方向，搭計程車來回可吃不消，太貴了。

看見心愛的小玩意想買，身邊只有幾塊美金（因爲意大利小偷扒手多，而且專扒外國人的。提包裡不敢多放錢）。核算里拉（意幣）又麻煩，有的店又不肯接受美金。只好眼睜睜作個櫥窗鑑賞家，兩手空空地回來。

我們住的旅館是旅行社代訂的，他們爲了表示對你的尊

敬，和安全保障，反正羊毛出在羊身上，給訂了最貴的旅館，每天二十五萬里拉，合美金一百五十元。如此天文數字，聽得我們一愣一愣的，第二天趕緊換地方。出差的餐旅費有規定限額，超出的都得自己貼的呀。何況我最最討厭那種豪華奢侈的作風了。

意大利的貨幣貶值，坐一趟計程車，吃一頓簡便快餐，動輒幾千一萬里拉。有一次我肚子實在太餓，想吃個蛋糕，一看價錢是三百五十里拉，我不敢買。李叔叔說：「你放心吃吧！這是最最便宜的點心，只合臺幣十塊多。」原來臺幣一元可以折合三十多里拉。這下我感到好驕傲，居然我們的臺幣也能像美金似的，一元抵他們幾十元呢。

大家都說意大利菜與我們中國菜口味接近，意大利「披薩」又是多麼多麼好吃，可是我硬是嚥不下去，實在太鹹了，鹹得只想喝水。可是可樂、桔子水淡而無味，又貴又不解渴，遊客們都紛紛買一種叫做礦泉水的，苦苦澀澀冒著泡沫，其實就像我們臺灣蘇澳的天然冷泉。記得早年有一種彈珠汽水，就是冷泉灌的，比所謂的礦泉水好喝千萬倍呢。想想眞是水是故鄉甜啊！

意大利人也像其他歐洲人一樣，過得很悠閒。多半的商店要上午十點才開門，中午十二點到三點休息，五點就打烊了。他們很重視精神生活，不拚命掙錢。對外地的訪客很禮貌，也很熱情。如果不是老想到意大利小偷多、扒手多的話，我倒是覺得意大利人滿可愛的。

記得在熱那亞的一個晚上，是代理行經理請吃海鮮，他能說很好的英語，特地訂了一個靠海邊的幽靜餐室，看水上漁燈點點，我們喝著薄酒，邊談邊吃，談家庭親屬關係，談社會習俗等等，都和我們中國的很接近。他舉止彬彬有禮，雖然是從事商業，卻帶有一股濃厚藝術家氣質。

我因而給意大利人四個字，稱他們爲「富貴鹹（閒）人」。小朋友們一定知道是什麼道理吧。因爲他們的鈔票面額非常大，每個人看來都該是「腰纏萬貫」的富翁。他們的口味又是那麼的鹹。（那晚上有一種魚，可把我鹹死了。）而且他們又是非常懂得享受悠閒生活的民族，稱他們「富貴鹹（閒）人」，該是很恰當的吧。

話又扯得太長了，下次再談吧！　祝

你們快樂健康，學業進步

琦君阿姨

迷失在威尼斯

親愛的小朋友：

「威尼斯」這個旖旎風光的水城，你們一定常常聽人說起，也在書本上見到，而且看過好多照片了吧。它也是我從小到老夢中的城市。如今總算親身到達了。確確實實地坐在大汽船上，沿著大運河，駛進畫片中彩色繽紛的風景裡，倒又像在做夢呢。

這個舉世聞名的特別城市，是亞德里亞海灣圍抱中一百多個小島所聯成的。最早的時候，原是意大利老百姓為了逃避暴政，才藏身到這個人跡罕到的島嶼上來。

就著自然形勢，把島嶼之間的海水聯成大大小小的運河，就成了他們的大街小巷。可見老一輩的人，合力建築家園的毅力與苦心。隨著歷史的演進，威尼斯漸漸成爲意大利政治文化商業的中心。它的大名，不在羅馬米蘭翡冷翠之下。意大利人以擁有這兩顆內海明珠爲榮。可惜它已經顯得有點年邁老舊。正因如此，觀光客更是非來不可。

我在初中三年級時，念莎士比亞的《威尼斯商人》劇本，美國老師讓我們看好多彩色威尼斯畫片。我們看到那麼漂亮的房子，一半都泡在水裡，覺得好新鮮。那河上來來去去的船，老師告訴我們叫做康杜拉Condola，就像陸地上的小汽車似的，可以自在地進出大街小巷，是他們主要的交通工具。老師鼓勵我們說：「你們現在用功讀書，長大後掙了錢就可以到世界各處遊歷。到威尼斯去找找那個奸刁商人吧。」一位同學頑皮地說：「坐著Condola，就可以看多啦。」所以我一直記得這個名稱。

可是我們這次坐的不是「看多啦」，而是大船，就好比臺灣的公共汽車，比較便宜，設備也平民化。卻沒有時間去試坐那種小船。但是沿大街（即大運河）行駛時，可以看到兩邊好多裝點得很考究的小船，穿梭般地來去。河兩邊四通八達的小水巷，都直通每家的門口，有的私家船隻，就停泊在門口木板臺階邊。牆壁都長了青苔，雖老舊卻顯得很古樸。家家窗口都有嫣紅姹紫的繁花，非常詩情畫意。我好想能走進某一家人家，從他們的窗口望下來，看運河中遊艇如織，該是多麼有意思。可是我們只是一天的過客，不認識任何人，只好在大船上，穿過一座座巨大的橋樑，到聖馬克教堂和廣場前去觀光了。

橋樑也是威尼斯藝術特色之一，它是建築物之間聯絡的要道，就有如臺灣的陸橋。可是有一條橋名稱很特別，叫做「嘆息橋」，是中古時代羅馬皇帝拘禁反抗他的死囚的。我想那兒的河水，一定有不屈服的英魂在嗚咽吧。記得小時候，大人們告訴我，每條橋都有一位橋神，無論在橋上走過，或乘船從橋下經過，都要恭敬小心，否則就會觸怒橋神，懲罰於你的。因此每次坐船過橋時，母親總要我端端正正坐好。她嘴裡還喃喃地唸：「寶寶過橋，寶寶過橋。」我想笑也不敢笑。現在想想都是有道理的。因爲水上的橋樑雖富詩情畫意，卻總是有危險性的，小心地走，端正地坐，就會提高警覺，以防萬一了。在臺灣遊碧潭時，常看到許多年輕人或小孩子，走過吊橋，邊跑邊跳，還故意在橋當中搖晃，實在是很危險的。

但無論如何，坐在船上遊覽水城，儘管船兒多，比起臺北西門町鬧區的計程車可安逸得多了。我坐在船上，看兩岸紅磚房屋，就想起我家鄉的那條長河，從鄉下直通城裡。一路上有十八個水灣，兩岸垂柳桃花，一到春天，眞是好美。灣兒盡頭往往就是人家後門口，船可以直接停泊下來供人上下。河上有單槳的小船，有雙槳的烏篷船，只是沒有彩色遊艇。現在想起來，我的故鄉比威尼斯還要古樸美麗呢。我家老屋後門原來就緊靠河邊，後來怕「風水被帶走」，才把後門改了方向，築起圍牆的。想想自己眞是奇怪，日思夜想能去威尼斯遊玩，到了威尼斯，卻又思念起故鄉來了。

威尼斯的中心區是聖馬克教堂，建築非常雄偉。大理石浮雕，都是藝術家的心血。那隻象徵威尼斯的獅子，卻長著一對翅膀。藝術家的想像眞自由。畢卡索不是把眼睛畫到肩膀或胸前嗎？成群的鴿子是每個教堂前都有的特色。我想到臺北餐桌上的油淋鴿，為這裡的鴿子有百分之百的安全感到安慰。我正在東張西望，看見一處擺滿亮晶晶的水晶玻璃擺飾，就一頭擠進人堆，盡情地欣賞起來。價錢實在太貴，好容易選了一隻翹鬍子小貓，打開錢包，卻想起身邊沒錢，連忙擠出人堆找李叔叔，他和那位同伴卻不見蹤影了。這樣大的地方，環境陌生，言語不通，錢又沒有，怎麼辦呢？他們一定到處在找我，一定也急壞了。太陽已經偏西，如果彼此一直找不到怎麼辦。我們是由那位同伴從熱那亞直接開車來的，我一個人怎麼回去呢？旅館的名稱也說不清楚啊！我心慌到極點，眞要哭出來了。這時邊上忽然出現了一對老年夫婦，他們一看去就是慈眉善目，對我和藹地說：「你是和同伴失散了吧。不要急，就站在這裡別走開，我們陪你，他們一定會回來找你的。」一聽他們是說英語的，我就像遇到救星似的，安心多了。我謝謝他們，並問他們是從哪裡來的？他們告訴我是美國人，也是從熱那亞來的。我連忙說，萬一我找不到家人，可以隨他們一起回熱那亞嗎？他們點點頭說：「你放心好了，沒問題。」老太太又笑嘻嘻地對我說：「Baby，你不妨把手裡的陽傘打開，站到走廊外邊的廣場上。這把傘的海水藍顏色很顯眼，他們一下子就可找到你了。」這眞是好主意，我馬上照做了。但她居然喊我baby，我，一個六十多歲的baby，美國老太太常喜歡這樣稱呼比她看起來年輕的女人，但我那時慌張得團團轉的神情，是不是十足像個找不到媽媽的小毛頭呢？我越想越羞慚，眞感激他們一直陪我等待著。過了約莫半個多小時，那眞比一年還長——他們氣急敗壞地來了。說是去配膠卷，回頭就不見我了。我們彼此埋怨著，老夫婦高興地說：「找到了就好，高高興興地玩吧。」就和我們握手道別了。我望著他們的背影，消失在人群中，心中默默祝福他們老當益壯，福壽康寧。

由於這一迷失，心愛的翹鬍子玻璃小貓也沒有買成。心中又是一陣失落，不由得想起幼年時，去鄰村趕集，由於貪看變戲法，和買瓷娃娃，也是一頭鑽進人堆，掙脫了老長工阿榮伯的手，回頭來竟然再也找不到他，就急得大哭，瓷娃娃也打碎了。幸得一位好心的老公公，一路牽著我找尋，終於和阿榮伯會合了。那時焦急的

心情，和這回的迷失一模一樣。而時間已悠悠地相隔六十多年了。人們常說「老小、老小」，難道我眞的是越老越小、越幼稚了嗎？這樣想著，心裡好難過啊。可是又想想剛才那一對照顧我的老夫婦，多麼的健康靈活，又樂於助人呢。

他們給了我一點啓示：凡是遇到別人有困難的時候，總要盡量幫助人家，那怕是一句安慰的話，都是好的。就像剛才的我，全靠他們好心陪伴，並一直安慰我，叫我放心。使我深深感到，茫茫人海之中，到處都有溫情。這就是生活在自由天地中的人們，所能領略到的幸福啊！

從威尼斯回熱那亞，仍由朋友開車，我安全舒適地坐在後座，回味著這一天的經過，有熱鬧、有輕鬆，又有緊張與慌亂。終於平安無恙，心裡感到一陣踏實。才體會到，快快樂樂出門，平平安安回家就是福。但必須事先仔細計畫，比如我這次的迷失，完全是由於自己太忽略。如果在鑽進水晶玻璃商店之前，和他們說一聲，彼此在一個固定地方碰頭，不見不散。還有，身邊總要帶點錢以防萬一。自己住的旅館名稱、地點一定要記清楚，即使走失散了，也一定可以摸回旅館的。沒想到我會這樣粗心大意，竟做了迷途的羔羊。小朋友可別笑我好笨喲！好了，下次再談。

祝

健康快樂

琦君阿姨

蒙娜麗莎的微笑

親愛的小朋友：

「蒙娜麗莎的微笑」，你們一定很熟悉，因爲一定看過好多次這張名畫的複製品吧。凡是旅遊到巴黎的人，一定要去馳名世界的羅浮宮，親眼瞻仰一下這張名畫的眞跡。我們當然也不能例外囉。

羅浮宮實在太偉大了。它原是古代的一個堡壘，從查理五世以後，把它改成王室的行宮。一代一代的帝王，又在它前後左右，上上下下，層層疊疊的增建擴充。將由戰爭擄掠而來的寶物，都珍藏在這座行宮裡，供自己享受。可是如今呢？所有叱咤風雲、窮兵黷武的帝王都歸於塵土了，而經過多少個世紀的古老建築羅浮宮卻依然兀立著，而且「老當益壯」地大出其鋒頭。誰都來拜倒它的腳下，比起當年受萬眾臣民朝貢的帝王不知要體面多少倍。因爲現在的羅浮宮是向全世界公開的藝術之宮，大家都是懷著欣賞藝術品的輕鬆心情而來，把政治、權勢、戰爭、暴力等不愉快名詞統統丟到九霄雲外，這不是有意思得多嗎？

我對於藝術的常識，都貧乏得好可憐。逛羅浮宮完全是抱著「到此一遊」，對自己有個交代的心理。跟著擁擠的人群進入以後，那曲曲折折的大迴廊，和一件件目不暇給的名畫、雕塑等藝術品，眞叫人頭暈眼花。由於過分的疲勞，官能也變得麻木了。

俗話說「內行的看門道，外行的看熱鬧」，我那時竟累得連看熱鬧的力氣都沒有了。可是進入了那座迷宮，就只能跟著別人往前，無法後退，我又渴又餓，腰腿痠痛，頭腦昏沉，小朋友試想像一下，我那副狼狽樣子吧。

我這時才明白，自己非進羅浮宮不可，完全是一份虛榮心，將來好告訴人家我遊過世界最著名的藝術之宮了。在昏沉疲累之中，我腦子裡只有一個意念：

「蒙娜麗莎呢？只要瞄一眼蒙娜麗莎的微笑就夠了。」

好容易走到了。只見一大堆人圍繞著一條用粗粗繩子牽攔起來的欄干。高高遠遠之處的牆上，一個大框框，用安全玻璃保護起來的，才是那張達文西的名畫──蒙娜麗莎。因爲曾有不法之徒，企圖加以破壞，才不得不如此保護。因此遊客們都只能離得遠遠地站著，望美人兮天一方。美人的一絲微笑，透過玻璃，也就格外的朦朧了。

同遊的一位朋友說：「你仔細定睛地看吧，她的眼神好像在向你飄來；嫣然的微笑，也好像是對你笑呢。而且無論你轉向那個角度，她的眼神都會隨著你轉，就這點奇妙呀。」聽他說得那麼神奇，我也略略瞇起眼，聚精會神地對她凝視起來。眞的哩，她的眼神就在回望著我呢。笑容也好像更甜美了。這難道就是名畫之所以爲名畫嗎？我問李叔叔，「你覺得蒙娜麗莎在對你看，對你笑嗎？」他沒精打采地搖搖頭說：「沒有。因爲我太疲倦了，眼睛都抬不起來，她爲什麼要對我微笑呢？」

他又說：「其實，達文西畫的是他的情人，她只在對達文西一個人笑啊。」但是我仍覺得她在對我微笑。相信每個遊客，只要專注地望她，她都會回報他們以微笑。好心的蒙娜麗莎，是不會辜負不遠千里而來的遊客的。

藝術家們說過，欣賞藝術，要保持心理上的距離，才能眞正品嘗。這話太深奧了，我不懂。我只全憑自己的喜愛去看。比如現代畫吧，儘管完全不懂，看上去順眼、可愛，引起我許多幻想的，我就喜歡。沒有什麼距離不距離，美人在對我微笑，還有什麼距離呢？

我倒是想起《楚辭・九歌》裡有兩句話：「滿堂兮美人，何獨於予兮目成。」意思是說，「這麼許多人中，你何以獨獨鍾情於我呢？」這種癡癡傻傻、自作多情的情態，不正是我看蒙娜麗莎畫像時的心理寫照嗎？這份癡傻，實在是最最快樂的呢。

宋代的大詞人辛棄疾，有兩句膾炙人口的名句：「我見青山多嫵媚，料青山見我應如是（見〈賀新郎〉）。」情與貌，略相似。他說：「我看青山是這般的美，相信青山看我也一定是美的。」這兩句我好喜歡，唸著唸著，就會有一份領悟。人的心情，是會影響臉容的；快樂友善的心情，就會有快樂友善的臉容。他把青山比作美好的容顏，眞是再好也沒有。誰能不愛青山呢？如果能以望青山的心，面對別人，你的臉容一定會像青山般的秀麗，別人自會高興起來，像喜歡青山般的喜歡你了。小朋友，你覺得我說得有沒有道理呢？你不妨多唸幾遍這兩句話，一定會愈唸愈高興起來，也就相信爲什麼我凝視蒙娜麗莎時，她就回報我，對我微笑了。

　　我再告訴你一件事，我的書房兼臥室牆壁上，掛著我母親和婆婆的放大照片（父親照片因無法放大，只好供在桌上）。每天早晚，我都對著照片頂禮膜拜，默默祝禱，向老人家請安。她們的笑容好慈愛，我看書寫作疲勞時，就起來在屋裡來往踱著，抬眼望照片，無論走到那個方向，她們的臉都好像會轉過來正對著我微笑，溫暖著我的心，使我能平靜有恆地工作，使我的臉容也能泛起愉悅的神情。因此，我把兩位老人家——我的母親和婆婆，比作美麗的蒙娜麗莎。眞的，母親的笑容是最美的。兒女在母親心目中不也是最美的嗎？

好了，夜已深，下次再談。祝

康樂進步

琦君阿姨

凱旋門

親愛的小朋友：

你們如果讀過唐朝杜甫的〈後出塞〉，看到「落日照大旗」這句詩，一定會馬上想起下面一句「馬鳴風蕭蕭」的。那是杜甫描寫萬里無垠的草原上駐紮著軍營的一片悲壯而又蒼涼的氣氛。

我現在引用這句詩，卻是借來介紹世界馳名的花都巴黎的一條世界最壯觀的馬路——香舍麗榭大道，簡稱香榭大道。看來似乎有點不倫不類吧。小朋友且聽我說來：

我們到巴黎，住的是這條大道上的拿破崙旅社。聽起來就震耳欲聾呢。旅社的右前方，就是偉大的歷史古蹟凱旋門。香榭大道就正對著高聳的凱旋門。斜坡緩緩而下，筆直地好像通到無邊無際之處。中央的行車道寬闊到可容十輛汽車並排兒行駛，小朋友想想，我們臺北有八線道馬路就非常自豪了。與香榭大道一比就是小巫見大巫呢。大道兩邊，樹木茂密，所覆蓋的道路，盛夏之時都不會炎熱。但這是供蹄聲得得的馬車行走的。再兩邊，是停車道。停車道旁邊，才是人行道。人行道旁，全是緊密的茶座。撐著各色的遮陽傘。我走在人行道上，擠在密密麻麻的人群中，覺得自己像一隻失群的螞蟻，有點不知何處是兒家的惶惶然。

最奇怪的是茂密的大樹之間，一路懸掛著法國的國旗。下午四時以後，金紅的落日，從筆直的香榭大道照射在凱旋門上，天邊一片紅光，與古樸的凱旋門上雕塑兩相對照，蔚爲奇觀。這是拿破崙爲誇耀自己的武功所建的紀念碑。據說每當拿破崙生日那天，西墜的夕陽就會剛剛從圓拱門中直射而入。我們去的那天並非拿破崙生日，卻一樣看到直射的陽光呢。可見歷史英雄人物，總得有點傳奇性的神話來點綴，才見得他的偉大（這使我想起遊韓國去吐含山觀日出時，據說東方上升的太陽，第一道光芒一定照在佛國寺大殿佛像前額的寶珠上。可惜寶珠被不講道德的日本人盜去，這道光也就永遠看不見了）。令人嘆息的是拿破崙並沒有親眼看見凱旋門的完成。他兵敗放逐之後，一直念念不忘他的故土與人民。希望屍首能歸葬法國的塞納河畔。可見對家園與故國的思念，無論英雄或凡夫，都是一樣的。漢高祖在平定天下之日，也不免垂淚嘆息地說，他年自己的魂魄，總希望能回到故鄉沛邑。只不過漢高祖比拿破崙幸運，是個成功的英雄就是了。

我站在香榭大道旁，望著閃爍夕陽照耀中的凱旋門，和下面長明聖火不熄的無名英雄墓，再回頭看看飄搖在晚風中的法國國旗。儘管道旁琳瑯的商店林立，心中仍有「落日照大旗，馬鳴風蕭蕭」的蒼涼之感呢。

小朋友們都知道，法國的國旗，是藍白紅簡單的三條。我問一位法國人是代表什麼，他說藍色早年象徵法國皇帝，白色象徵政體，紅色象徵人民的鮮血。我仍然不大懂，也不知是他辭不達意，還是我領悟力不夠。總之，「落日照大旗」的印象，卻是深深印在我腦海中。法國人比較傲慢，我不會說法國話，有什麼問題也無法多問。後來到了德國，一個會說流利英語的德國人，就諷刺法國人只會說法國話。他還說希特勒進軍法國時，節節勝利，他麾下一名大將，不忍心摧毀法國的名勝古蹟，還受到了處分。而法國人偏偏說是法國為了保存古蹟，不得不忍痛投降。聽聽兩邊的說法，想來德法之間的這筆帳，是永遠算不清的了。

香榭大道的茶座，整天都密密麻麻地坐滿了人。老少男女，有的是一家人，有的是情侶，有的是孤零零一個人，面前一大杯冒氣泡的啤酒，或黑黑的濃咖啡，眼睛空洞洞地望著前面。他們究竟在想什麼呢？是悠閒地享受獨遊之樂，還是在無奈地消磨時光呢？我如果也坐下來的話，卻兩者都不是。我只會笑自己怎麼這麼無聊，舒舒服服的家裡不待，卻擠在人堆裡「望野眼」（這是上海土話，發呆的意思），小朋友想想，我哪裡是個懂得旅遊之樂的人呢？

我最最不喜歡的是刀槍砲彈，卻是被李叔叔拖著去參觀拿破崙兵器博物館。倒眞是開了眼界。最大的砲有四千多公噸，形象像個大痰盂，砲壁上雕滿花紋，尤其是美女的雕像。據說拿破崙在愛情上受了打擊，所以變成了好戰者。他的畫像身材矮胖，眼露兇光。兵器是大砲最多，因爲他的砲兵最強。戰利品中，德國旗最多。他的墓上有天使雕像保護，正堂中有耶穌釘十字架的像，我懷疑拿破崙是不是信耶穌的。最引人注目的是壁畫上畫的拿破崙去國臨別時，對著國人哭泣的畫像，和迎棺時百姓哭泣的畫像，墓前仍有鮮花供奉。可見一代英雄，雖然戰敗了，仍然受國人的愛戴。

館中兵器之外，還有歷次戰爭的紀念品。其中有中法戰爭時，被擄去的中國軍旗。其實中法戰役，明明是中國打贏的，法國來請和時，清廷卻以爲法國打贏了，反而和他們訂了城下之盟。想想清廷有多腐敗？還有一幅英法聯軍直搗北京的壁畫，法國兵的長槍，一刀刺死了拖著長辮子的清兵，看到這些國恥的畫，心裡眞不是味道。還有許多描繪殘酷戰爭的壁畫，像妻離子別哭泣的情形。毒氣戰後，廢墟上只有一個人生存，撫親人之屍痛哭的情形，看了都叫人觸目驚心。

自古到今，戰爭原是如此的殘酷，可是世界上的野心家，仍舊在製造仇恨，邁

向戰爭。如再有第三次世界大戰，就永不會再有博物館供人憑弔，也不會再有人類來畫戰爭圖了，小朋友，你說對嗎？　祝

你們身體健康

琦君阿姨

失樂園

親愛的小朋友：

有好長一段時間沒有給你們寫信了，是因爲這一陣子，心裡老是虛虛晃晃的，像丟失了一件什麼寶貴的東西似的。什麼原因呢？說來好笑，那就是因爲我有一次做了一個夢，夢見我又去了丹麥的哥本哈根，去玩那個世界聞名的遊樂園，玩得好開心，一覺醒來，如有所失。因爲那麼好玩的遊樂園，我們卻因爲時間太匆促，到了大門口，都來不及進去一遊。

所以，直到如今，那變幻的燈光，總時常在我夢中閃爍。我好想念啊。眞像錯過了天堂之門似的。小朋友一定覺得我很可笑吧。

因此，我想起「失樂園」這個名稱。借這三個字來形容我現在失落的心情。其實《失樂園》是十七世紀英國詩人約翰・彌爾頓，花了三十年的心血，在他雙目失明之後，由他口述，女兒筆錄所寫成的偉大史詩。

內容是根據舊約聖經故事，描述亞當夏娃因不聽上帝的話，受撒旦引誘，吃了禁果，被逐出伊甸園的故事。這和我的心情全不相干，而且我是絕對不相信這一套神話的。

但由於這部史詩實在寫得太好，尤其是亞當夏娃領悟了，由於自己的錯誤，必須面對現實，努力辛勤工作，走向新希望。那些最後的啟示，非常感人。所以我現在也以這些字來勉勵自己，心裡也舒坦許多，才提筆給你們寫信。

剛才我說的丹麥遊樂園，叫做迪弗利（Tivoli）。乃是根據十九世紀的童話作家安徒生的童話所建造的。看圖片介紹，知道裡面有各種引人入勝、老少咸宜的設計。像迷宮、飛車、噴泉、音樂廳、巫婆、鬼屋，各種表演等等。總得一個通宵才玩得完，但我們那天因次晨七時就要趕飛機，只好過門不入，白白錯過。

小朋友們一定看過安徒生的好多童話吧。原來安徒生就是丹麥人，丹麥人以有這樣一位世界聞名的童話作家爲榮，特地爲他建造一座塑像以表欽仰崇敬之意。安徒生童年時代非常窮苦，父親是個憂鬱的鞋匠，他十四歲時就獨自流浪到哥本哈根想找工作。每天坐在漁港海灘邊，默默沉思。海港的漁燈啓示他許多幻想，於是他開始編一個一個的童話故事。每一個都受小孩子的歡迎，漸漸地成了世界聞名的童話大師。

最近一位丹麥朋友來信告訴我，上次我們去憑弔的美人魚塑像，原來也是根據安徒生故事編的。與我那位中國朋友說的不一樣，可見一個名勝地區，傳說總是很多的。

安徒生寫美人魚故事原來是這樣的：她因爲迷戀偶然出遊的王子，想和人類似的；能有一雙自由行走的腳，可以時刻追隨王子。她就用舌頭舔她的尾巴，希望把它變成腳。誰知腳未變成，舌頭反而失去了說話的能力，再也無法向王子傾訴愛慕之意了。王子早已把她忘懷，她有口難言，只好盤膝坐在海灘岩石上，癡癡地望、癡癡地等待。風中、雨中，戴月披星，日曬夜露，永不離開。年長月久，她永遠是一條拖著魚尾巴的啞巴美人魚。

想起我國古代有一首〈越人歌〉，傳說是描寫一個鄉村女孩，迷戀著楚國的王子，她曾經一度和王子同船。她用越國的土音唱了一首歌，王子聽不懂，只覺得音調非常凄婉好聽，就由侍從用楚國方言寫下來，配音歌唱。那詞兒是這樣的：

「今夕何夕兮，搴中洲流。今日何日兮，得與王子同舟。蒙羞被好兮，不訾詬恥。心幾煩而不絕兮，得知王子。山有木兮木有枝，心悅君兮君不知。」

這個「兮」字就是楚音，形容內心有一股鬱悶之氣，到了喉頭被堵住了，化爲一聲嘆息。所以大詩人屈原的〈離騷〉裡，就有數不盡的「兮」字。

我非常喜歡這首纏綿悱惻的〈越人歌〉，時常用我的家鄉調低低吟唱。我想如果中國也有像安徒生那樣的童話家，加上幻想，把故事編得更凄美，那個越國的少女，一定也會留下一座塑像了。其實我國古代的莊子，也很會寫幻想故事，只是他常常喜歡把故事比喻大道理，反弄得人一頭霧水呢。

從歐洲回來已經半年多了，我還是時常懷念未曾進去過的「迪弗利」遊樂園。李叔叔對我說：「不要老是追悔以前的事。追悔會使人變得愚笨的。人生一世，錯過的良辰美景何只千千萬萬。老是追悔，反把眼前的快樂幸福錯過了。生涯有限，應當好好把握現在。只要能細心留意，眼前哪一處沒有美景供你欣賞。何況迪弗利樂園，和美國的迪斯奈樂園大同小異。洛杉磯與佛羅里達兩處的迪斯奈樂園，你不是都玩過了嗎？驚險的太空山、美好的音樂廳、恐怖的鬼屋，你不是都領略過、笑過也尖叫過了嗎？」說得我啞口無言。難道我眞是個愈老愈小的老小孩，總是要玩兒童樂園嗎？

其實一個地方不曾玩到，永遠在心中保持一份嚮往與想像，反倒更有意思。古人畫畫講究「意到筆不到」，遊玩名勝也無妨「意到腳不到」，李叔叔是個非常豁達的人，他對於得不到，或失去的東西，常常有一套道理來譬解。聽了他的話，我心

裡已舒坦得多。同時又在回味著幾年前與他同遊迪斯奈樂園時，那種歡樂忘憂的情境，我已經一點也不感到「失樂園」了。祝

你們健康快樂

琦君阿姨

小小仙人球

親愛的小朋友：

又有好多日子沒給你們寫信了。只因這一陣子，我的右手忽然痠痛，提筆寫字很困難，心裡就會煩起來。想想健康就跟空氣陽光似的，每時每刻充分享受著的時候，一點不覺得自己有多幸福，一旦有點小痛，精神就委靡不振了。但是我還是儘量地運用左手做事，倒練習得左手格外靈活起來，而且有點力大無窮的樣子。如果我也能用左手寫字的話，我豈不也成「左手的繆思」了嗎？等我右手痠痛痊癒以後，我就是「雙手萬能」，反倒是因「病」得福。這樣一想，也就不煩惱了。

寶島的黃梅雨季想已過去，陽明山櫻花也都開放過了吧。這裡的天氣，仍然是忽冷忽熱。說來你們不信，今天（五月十八日）氣溫又降到華氏六十五度，我在家還穿件大毛衣。從窗外望出去，街上好多婦女都包著頭巾穿著冬大衣。眞是「乍暖還寒時候，最難將息」。不過我比較喜歡冷天，反覺得頭腦清醒。所以今天我手也不大痛，把所有室內花草都搬到窗口陽光裡，然後坐下來給你們寫信。

說起室內花草來，我要告訴你們，我最近闖了個小小的禍，幸已平安無事了。讓我慢慢說給你們聽。

去年秋天，我買了一盆小小仙人球。四面八方，長著輻射形的細葉，綠得跟翡翠似的，但也渾身都是尖尖的刺。我小心地呵護著，等它今年春天會開出紫紅的小花來。誰知它水土不服，葉子一片片地掉，掉到最後只剩兩片，頭上光禿禿的好難看，卻又不忍心丟棄，仍舊把它擺在桌子角上，每天對著它呆呆地看。看那兩片葉子一左一右，像在跳舞似的，倒也別致。

春天來了，它的禿頂竟然有點綠起來。我趕緊把它移到陽光充沛的地方，悄悄對它說：「禿子呀，快長頭髮吧。」沒想到，過幾天，一根細針似的綠芽爆出來了，我眞是欣喜若狂，馬上打電話告訴李叔叔。他說：「當然會長，這就叫做生機嘛。不過你別太興奮，嚇得它又縮回去了。」我當然不去驚嚇它。讓它靜靜地、慢慢地長，嫩芽一根又一根地抽出來，漸漸舒展開來，就是一片片透綠的葉子，好美啊。它給我的希望與快樂，是無法形容的。再看那兩片老葉，仍然很有精神地一左一右伸張著，就像是一對父母，懷抱著它們初生的嬰兒。嬰兒還幼小，父母親爲它們吸收陽光空氣，製造養分。漸漸嫩葉愈來愈茂盛，有一天，老葉同時凋謝了。它們好像在告訴我：「孩子們已長大，能自立了，我可以安心去了。」可是它們回歸到泥土裡，把自身化作營養，輸送給嫩葉。這一課給我的啓示好大，我若是個詩人，一定會寫首詩來歌頌。可惜我只能以大白話告訴你們我內心的感受。

那麼我又是怎麼闖的禍呢？幾天前，我看到仙人球根部的刺實在太多，而且都顯得枯黃了。它與以前不一樣的是，葉子都長在頭頂，像嬰兒的胎兒，頑皮地聳立著，四周仍然不長，我想若剪去無用的刺，可以減輕它的負擔，葉子就會多長一些。於是我就拿起剪子，把根部尖尖的刺全給修理了。沒想到每一根刺的尖端，都冒出一粒晶瑩的水珠；就像無聲地哭泣。我吃驚得馬上停止，但已被我剪一半去了。原來這些刺外表枯乾，裡面卻滿滿地包含了水分，整株仙人球，就是依賴這些醜陋的刺儲藏水分的。這就是這種植物爲什麼能生長在酷熱的沙漠裡。我眞是太缺乏常識，也太粗心大意了。我抱歉地輕聲對它祝告：「仙人球，原諒我的錯，你千萬別生氣，仍舊好好長吧。」

它總算沒有生氣，頂端的嫩葉沒有轉黃，而且又冒出一片來，我這才放心了。一位鄰居美國老太太告訴我說：「不要過分擔心，植物能自己適應的，它並不像你想像的那麼脆弱。但也不要用同樣的澆水施肥方法，對付不同的植物。一個家庭裡的小孩子們，不是也有不同的個性嗎？」她說得眞對。現在我已經不再擔憂，不再緊張，輕輕鬆鬆地看著它長，無論長成個什麼樣子，總是最自然，最美的。

我嘮嘮叨叨地寫了這麼多，無非是希望你們能分享我的快樂。小朋友，你們能不能想像，我一個人坐在書桌前，傻愣愣地望著仙人球的神情呢？想起唐朝的詩仙李白，能對著敬亭山「相看兩不厭」，我覺得，一個人如能用滿心的關切，用有情的眼，看著任何事物，山也好，樹也好，貓狗也好，一切都會回望你，和你「相看兩不厭」呢。

寫到這裡，我的右手已經完全不感到痠痛了。眼前浮現的，是寶島春天裡的繁花茂葉，那就比我案頭這株小小仙人球，熱鬧得多了。祝

你們健康進步

琦君阿姨

斜塔會倒嗎

親愛的小朋友：

我書桌上有一個小擺飾，是一座比薩斜塔的模型。去年在米蘭時買回來的紀念品。有一天，我擦桌子時不小心，把它掉在地上，斜塔倒了。我好生氣自己的粗心大意。連忙用強力膠把它黏回去，它又斜斜地站在那兒了。

對著它看，我回想起那天爬斜塔氣喘吁吁的情景，又跑到鏡子裡照照，看自己微微傾斜的右肩，究竟有沒有糾正過來，和左肩一樣平呢？

這是怎麼回事呢？斜塔和我的右肩又有什麼關係呢？讓我慢慢兒講給你們聽。

現在先簡單介紹一下比薩斜塔。

比薩原是意大利的一座小城，離米蘭不遠。中世紀時代，因爲運送十字軍東征而非常出名，後來就漸漸沒落了。

在公元一一七四年時，有一個建築師比薩諾在這裡建起一座鐘樓。可是才建到第三層時，地基就開始下陷，他就停工了。

直到九十年後，由一位叫托馬索的，率領工人繼續把它完成。在三米的基地上，托著一座全重十四萬五千噸的八層高塔。想想看是多麼不可思議，建築師的勇氣與智慧，實在令人欽佩。塔頂一共有七個大鐘，撞擊起來，相互呼應，發出美妙雄壯的音樂。

物理學家伽利略，曾在塔頂作自由落體實驗，證明了地心引力學說，斜塔也因此更出名了。這個實驗，與牛頓見蘋果落地而悟出萬有引力的道理，是一樣家喻戶曉的故事。

但令人擔憂的是，這座世界聞名的斜塔，卻仍然以每年零點一公分的速度，繼

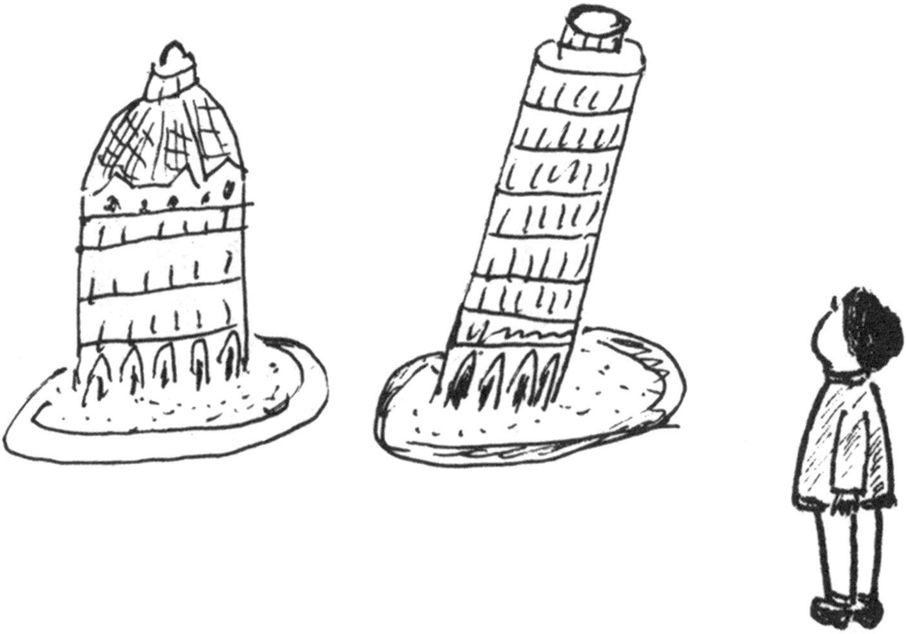

續傾斜。科學家們正在想盡辦法挽救。那麼斜塔是不是會倒呢？究竟那一刻會倒呢？誰也無法預料。所以當我看見自己買的小小斜塔模型倒了，心裡很不舒服呢。其實，世界上沒有一樣東西是永恆的。若論永恆，只要斜塔完工那一刻，它對人類文明的貢獻，與在藝術上的價值，就是永恆了。

想起我參觀劍橋大學時，看見劍河上一條木橋。朋友告訴我，這條橋是牛頓根據力學原理建成的，全條橋沒有一枚釘子。牛頓當年總以爲它永不會倒塌，可是它後來還是倒了。可惜沒有一位科學家或建築師能把它恢復原狀。現在這條橋外觀依舊，卻是用釘子釘回去的。但無論如何，它跨立於劍河之上，紀念牛頓，就是永恆。

現在來說我爬斜塔的狼狽情形吧。八層斜塔的階梯，一共有二百九十四級。七月的盛夏，烈陽高照，我這個最怕走路與爬梯的老弱殘兵，在同遊朋友的眼中，是無論如何也爬不到塔頂的。但我那天也不知何來勇氣，非要爬上最高層，親手摸一摸每一口鐘不可。

塔是斜的，我們繞著圈兒往上爬，覺得身子晃來晃去，像走在大輪船的甲板上，也像坐飛機穿過不穩定的氣流，頭有點暈暈的。我們想，如果斜塔忽然在此刻倒了，所有的遊客都會粉身碎骨。當然誰也不願意趕上歷史上最值得紀念的一刻，做一個無名的「非英雄」。

大家都平安地上去又下來了。到地面以後，李叔叔忽然對我說：「奇怪，怎麼你的肩膀不斜了？」

原來我一向習慣地用左肩揹皮包或沉重的袋子，右肩就不由得向下傾斜，一年年愈來愈斜。朋友們有時會提醒我，但一下子又忘了，斜了這許多年，怎麼一下子會好的呢？我才恍然想起，剛才爬斜塔時，從窗口望下去有點心慌慌的，不由得聳起右肩，盡量向裡靠，彷彿這樣就可把塔的載重量平衡過來似的。爬上爬下一趟，右肩就一直聳著，到了地面上，還是僵在那裡，不敢鬆弛，看去兩肩反而平衡了。

我大笑說：

「一定是比薩斜塔有物理治療之功，把我的斜肩糾正過來了。」

當然，不到一會兒，我又恢復原狀了。所以今天想起比薩斜塔，就不由得跑去照照鏡子。

小朋友覺得我可笑嗎？

我眞希望比薩斜塔永遠不要倒，因爲我爬過了，和它有一分緣呢。祝

健康快樂

琦君阿姨

心中有塊小黑板

親愛的小朋友：

《小黑板》是應平書阿姨為小朋友們解釋與欣賞中國古典詩歌的一本書。我現在一首首重讀的時候，就不由得邊唱邊回想兒時讀詩的情景。因為這些詩歌，都是我小時候讀過的。

這本書字體大，又有注音，加上美麗的插圖，一幅幅山水、人物，都配合著詩歌中的情景，眞是有趣多了。想想我們哪個時代，哪裡有這樣精美的讀物呢？繃著臉的老師，從大人書裡用紅硃筆在某一首詩的題目上打個圈圈，就命令我：「讀十遍，背不出來再讀十遍。」連解釋也不解釋。幸得詩歌都有韻，念起來順口好聽，我就小和尚念三官經似的念著念著，念不到三、五遍就會背了。老師聽我背過以後，就搖頭晃腦地讚嘆起來：「『一片花飛減卻春，風飄萬點正愁人』，眞好呀！『孤舟簑笠翁，獨釣寒江雪』，眞高呀！」我覺得花飛起來多麼好看，有什麼好愁的呢？冬天那麼冷，還要去釣魚，有什麼高的呢？老師偏偏又不講出個道理來。

現在你們運氣好多了，應阿姨把精華的詩篇選出來，比較深奧難懂的詞句都加以清楚的解釋。裡面包含的故事，也都用淺白的文字，譯述出來。並把詩人寫作的動機與當時的背景，不厭其詳地給你們分析，帶領你們欣賞。告訴你們一首詩中的「言外之意，弦外之音」，古典文學是非常含蓄的，要一遍又一遍地念、思索，才能慢慢體會出來。

古典文學中包含的故事，稱之爲「典故」，古人寫文章或作詩詞，最喜歡引用典故。一篇作品，如果沒有幾個典故鑲在裡面，就顯得不夠亮晶晶的樣子。可是讀者如果不知道那個典故，就不懂他在說些什麼了。因此典故太多的作品，讀起來就很吃力，但是聽老師講典故，卻是非常有趣的事。老師高興起來，也會比手畫腳地講給我聽。比如「穆穆清風至」這首詩吧，老師就講了「尾生抱柱」這個故事。說尾生在橋下等待相約會面的女孩子，一直等到水漲上來了，他硬是抱著橋柱不起，於是就被淹死了。我聽後呆呆地想了好久，問老師說：「這個尾生，不是太傻了嗎？何必苦苦等待一個不喜歡他的女孩子呢？被水活活淹死，叫爸爸媽媽多傷心啊！」老師也笑了，點點頭說：「你講得有道理，對於一個不守信用的人，不必這樣固執。而且一個人的生命是很寶貴的，不可以隨隨便便就去死掉。」

這件事，我一直記得。因此覺得明白典故，不但可以明白作品的意義，還可以引發我們的思考力、判斷力，這才不是讀死書，死背書了。

後來進了中學，我們的國文老師是燕京大學畢業的，學問很好，講書講得好棒啊。他對我們說：「讀古人文章與詩詞，典故要記得越多越好，因爲可以幫助你了解作品內容。但自己寫作時，典故卻要用得越少越好。不要被古人的材料限制住了，一定要有自己創造的新鮮句子，表達自己的思想與感情。」他又說：「用典故就好比廚子燒菜放味素，稍稍加一點提口味是可以的，用多了就失去菜的本味，那就不是名廚了。」老師這席話，我一直記在心中，現在特地告訴你們，希望你們在背了許多詩歌以後，能吸收其中的意味與情趣，體味每位作家不同的風格，不必硬記典故。

說實在話，我就不大喜歡典故太多的詩詞。沒有用典故的有時反而更自然、更眞切。例如杜甫那首〈聞官兵收河南河北〉的律詩，全首詩沒有一個典故，卻是對仗工整，音調好聽。他寫聽到政府軍收復失地，自己馬上可以還鄉，不由得悲喜交集，先是「涕淚滿衣裳」，接著又「喜欲狂」。神情描寫得多麼眞切！又如李白的五言絕句〈獨坐敬亭山〉，也沒有一個典故。你試試看多念幾遍「相看兩不厭，祇有敬亭山」兩句，先是覺得李白怎麼傻傻地呆看敬亭山，繼而會覺得敬亭山就像個老僧，也在呆呆地看他。鳥兒歸巢了，雲也飄得遠遠的，寂靜到極點的處所，卻有著一個眞正的知己——敬亭山。小朋友，想想看，李白那時的心裡，是孤單呢？還是踏實呢？

我小時候有位比我大幾歲的小叔叔，他背的詩歌眞多，又會講故事。他說王羲之愛鵝，幼年時看見鵝在河裡游來游去，就隨口念出詩來：「鵝，鵝，鵝兒曲頸向天歌。白毛浮綠水，紅掌撥清波。」多麼傳神呀！他又說唐朝的駱賓王，小時候就是個神童。他幫母親掃地餵小雞，就唱道：「打掃階前地，放出一籠雞。」他母親說：「你一天到晚作詩，太辛苦了。」他馬上答道：「明明是白話，又道我吟詩。」

我聽了好羨慕，恨不得也馬上會吟詩呢。正好看見一位堂哥在踢毽子，我就唱起來了：「哥哥踢毽子，一二三四五。」又從口袋裡抓一把炒蠶豆，往嘴裡一丟，再唱：「蠶豆滿口吃，六七八九十。」小朋友，你說我是不是個作詩的料呢？

我現在心中就有一塊小黑板，每天清晨或夜晚，一個人靜靜地，小黑板就會現出一首詩或一首詞，都是自己最喜愛的。有時還會現出一大篇密密麻麻的文章呢。那都是小時候挨了老師不少次揍才背下來的。這些詩篇或文章，在今天這把年紀重讀起來，都是別有一番滋味在心頭。

小朋友，希望你們捧著《小黑板》這本書時，慢慢兒地讀，自自然然地背誦，心中一定也會出現一塊小黑板，時時浮現出自己特別喜愛的詩歌的。祝

你們春天學業進步

琦君阿姨

小亨利與胖花貓

親愛的小朋友：

昨晚下過一陣雨，今晨天氣涼爽許多，我頭腦也比較清醒，心裡充滿喜悅，不免要講點有趣的事給你們聽。小朋友，我明明是給你們寫信，卻總要說講給你們聽。因爲在我心理上，就彷彿與你們面對面談天一般。

有一天，我出去倒垃圾，看見垃圾箱邊豎著一塊牌子，上面寫著：「請不要把垃圾袋擺在箱子外面。」可是箱子裡已經裝得滿滿的，蓋子都蓋不起來，像老虎似的張著大嘴巴。箱子邊上堆滿了垃圾袋。我呆呆地站在那兒，不知怎麼才好，不丟在旁邊，難道再提回家去嗎？正巧社區管理員來了，我對他說：「箱子太小，裝不下了，外面已堆了這麼多，你豎這塊牌子有什麼用？」他笑笑說：「不是箱子太小，是製造垃圾的人太多了呀。」然後聳聳肩走了。我無可奈何地把垃圾袋放下——就放在那塊牌子邊上，對自己笑笑說：「眞絕。」

然後我去郵局寄信，回來時再經過垃圾箱那兒，一看那塊牌子已經拿走了，垃圾袋又增加了一倍。一隻黑白花的胖貓咪，正在使勁抓尼龍袋，已經被牠抓破好幾個，準備飽餐一頓呢。小朋友，你們一定可以想像得出這種景象吧。這和我們國內有些住宅區牆角邊的垃圾堆，有什麼兩樣呢？不同的是美國的運垃圾工人還可以隨時罷工，要求增加工資。前一陣子他們罷工，管理員就來挨家通知，要我們暫時將垃圾收在地下室或車庫裡，不要扔出去。爲了中國人的面子，我照做了，可是左鄰右舍的韓國人、日本人以及美國人，統統照扔不誤。那時候，我又發呆了。我究竟要不要扔出去呢？可是，我是這個社區唯一的一家中國人，我得爲自己國家留點面子，你說對嗎？

別看美國的貓在電視廣告裡都是錦衣玉食，牠們照樣也有野貓，照樣要掏垃圾。我看這隻胖花貓，吃「野餐」吃得還眞壯健呢。我走過去逗牠，牠警覺地睜大眼睛瞪著我，卻並不逃走，看我細聲細氣地對牠說話（小朋友，我除了喊牠咪咪以外，還得捲起舌頭對牠說美國小朋友那兒學來的小寶寶英語，不然牠聽不懂呀）。美國貓膽子比臺灣的大，牠慢慢兒走過來了。走到我腳邊蹭我。我眞是受寵若驚。慢慢兒引牠到家門口，倒了一碟牛奶給牠喝，牠一下子就舔光了。我又拿塊甜甜的蛋糕給牠，牠就在我手心裡吃了。然後神氣活現地坐下來，好像還在等第三道點心呢。我對牠說：「沒有了，明天再來吧。」

第二天，牠又按時去掏垃圾，我又引牠回來款待一番。第三天，我打開大門，牠老先生已經必恭必敬坐在門口等早餐了。小朋友，你說牠多機伶！我怎能不招待牠呢？

就在這時，鄰居的小男孩來了。他名叫亨利，時常和小朋友們在附近扔球玩。我也參加過他們的遊戲。他俯下身去撫摸胖花貓，問我：「是你的貓嗎？」我說：

「是我的客人，不是我的貓。」他問：「你爲什麼不養牠呢？牠好可愛啊。」我想了下說：「不行呀，牠已經太大了，牠會抓地毯。」他說：「我媽媽也因爲這，不許我養貓。」他一臉的無奈。他的心情，正和我的一樣。

小亨利是個很可愛的小男孩，他總喊我李太太，我對他說：「我們中國人對和母親差不多年紀的人，都喊阿姨。」他很奇怪地說：「爲什麼要喊阿姨呢？我對自己母親的妹妹才喊阿姨，有時就叫她名字，那樣才親暱呀。」我笑笑說：「那麼你就叫我碧吧。我的名字叫碧屈麗絲。」於是他就碧、碧的，叫得好親熱。

小朋友，我這個英文名字Beatrice還是剛進初中一年級時，我的美國老師給我取的，幾十年來很少用過，除了與老外交往時，偶然用到。如今與亨利一老一小加上胖花貓成了好朋友，他叫起來倒是聽來很順耳呢。

小亨利喜歡叫我猜字謎，有一次，他要我猜，英文裡最最長的是什麼字？我搜索枯腸，把記得所有字母最多的字都說了，他總是搖頭，最後他告訴我那個字是smiles，兩個S中間有一里長，不是最長的字嗎？小朋友，不知你們是不是已經猜過這字謎？很好玩是不是？

有一次，他跑進我的廚房，看我正在切草菇，他立刻問：「猜猜看，世界上什麼樣的房間是不能住人的？」我想不出來，他指著草菇說：「就是mushroom呀。」小朋友，你說有趣嗎？

胖花貓忽然好幾天不來了，小亨利和我都很奇怪，問管理員有沒有看到，他面無表情地說：「看到啦，以後牠不會再來了。」「爲什麼？」小亨利和我都著急地問。他說：「因爲牠總是掏垃圾，抓破了尼龍袋，把垃圾撒得滿地，我只好把牠捉了送到衛生局去了。」

我又是呆呆愣在那裡，半天說不出話來。小亨利已經淚流滿面。我眞後悔，爲什麼不早收留牠呢？我問管理員：「牠會被怎樣處理呢？」他說：「不一定，也許會有好心的老太太抱牠去作伴。」他看看我說：「你爲什麼不養牠？」我慚愧地無言以對。

管理員走了，小亨利擦著眼淚說：「碧，我們暫時把牠忘記吧。你看，我們都還來不及爲牠取個可愛的名字呢。」

他望著遠處的垃圾箱，懷著無限希望地說：「幸得有垃圾堆，總會有野貓再來掏東西吃的。」

小亨利走了幾步，回頭親暱地喊了我一聲說：「碧，不要難過，下回再來一隻貓的話，我們就一同收養牠，住在你家，給牠取個名字叫頑皮貓。」

小朋友，對這個眞實故事，你們有什麼感想呢？ 祝

健康

琦君阿姨

國旗升起

親愛的小朋友：

前一陣子，我的心情既興奮，又複雜。那是因爲坐在電視機前，收看一九八四年洛杉磯世界運動會的許多鏡頭，給我的感受太深，久久難以忘懷。

第一天開幕典禮中，看到我國代表李福恩，掌著大旗，昂首闊步，以堅定踏實的步伐，進入會場。觀眾席上，歡聲雷動，久久不息。我早已忍不住熱淚盈眶。我激動的是，代表我國的旗不是中華民國國旗，而是中華奧運會旗。但我們中華民國畢竟以一股大無畏的正義之氣，排除一切困境參加了世運，爲我們的健兒爭取舉世矚目的光榮。

尤使人感奮的螢光幕上，馬上展示出青天白日滿地紅的中華民國國旗。我不由得肅然起敬，一個人坐在屋子裡，在心中默默地唱起國歌來。小朋友能體會得到我當時的心情嗎？一個身在海外的人，對自己國家的愛，以及國家對我們庇護的感受，眞是格外來得深切。這猶如孩子在家時，把父母的愛顧視爲當然，一旦離家在外，立刻就會想起父母無微不至的呵護。

小朋友，你們每天早晚在校園升降國旗典禮中，致敬唱國歌，也許會覺得是一件平常的事吧。可是我們在異國，到哪裡去對著自己的國旗，肅然起敬，高唱國歌呢？

這次美國廣播公司（ＡＢＣ）的主播人強尼斯先生，當中華民國國旗飄揚在螢光幕上時，以旁白強調地說明我國參加奧運的無比毅力與決心。我內心非常感動這位新聞從業人員的正義作風。

美國是地主國，因此他們的電視鏡頭，自不免攝取自家健兒的光榮鏡頭。因此有人譏諷他們爲「愛國轉播」。這實在也沒什麼不對。誰能不以爭取獎牌爲榮呢？

在閉幕典禮中，重播了無數美國代表的各項得獎鏡頭。看他們肅立仰首，目不轉瞬地注視國旗冉冉上升，他們的手平舉胸前，嘴裡喃喃唱著國歌，涔涔淚水盈眶。記者們爭相訪問，沒有一個不說這是他們永生難忘的一刻，他們覺得從來沒有感到這樣強烈愛自己的國家，愛自己的家人。聽了他們的話，眞是好感動，誰能不以自己能爲國家爭取光榮爲慰呢？

我們的代表，蔡溫義以舉重得了銅牌獎，雖不是銀牌，不是金牌，但這是個最最榮譽的開始。

正如我國奧運代表團團長鄭爲元先生對記者說：我們要加倍努力，以求有更好的表現，更好的成績，爭取世界各國的印象，使得以後各種比賽的主辦國，都能主動地邀請我國參加。這就是中華民族自強不息的精神。

奧運會已老早結束了，我老是想念著螢光幕上飄現的青天白日滿地紅的國旗。

眼望室內牆上掛有一面國旗，那是去年雙十節，李叔叔代表公司參加華埠的中華民國國慶日慶祝遊行裡高舉的國旗。我們珍惜地將它懸在壁間。有一位僑居美國逾二十年的朋友看見了，問我們還有沒有第二面，我們抱歉地說沒有了。但我馬上想起從臺灣帶來的大衣上有一枚國旗別針，立刻找出來轉贈給他，他立刻就別在西裝領上了。

小朋友，你們在國內，到處看到國旗飄揚，尤其是雙十節總統府前慶祝大會時的一片旗海。你們能不能想像，我們對於一面珍貴國旗的寶愛呢。

想起去年旅行歐洲，經過德國漢堡，代理行代表陪我們去港口參觀。坐在舒適的餐廳裡，一面進餐，一面欣賞港口的特殊風光。我一眼就看見中華民國國旗，與其他國家國旗，都一字兒排列著，心中欣喜萬分。主人說任何一國船隻進來，港口都會奏樂升起該國國旗，以表敬意。他告訴我們，當天正有中華民國的船隻要到達。我興奮得連美味海鮮都無心品嘗，眼巴巴地一直望著遠處，盼待著那一刻難得的時光。

果然，我們的一艘貨櫃大輪船，慢慢兒進港口來了。莊嚴的音樂響起，我們的國旗緩緩上升了。當時我坐在擁擠的餐室裡，在那種境況中，當然無法起立致敬，但我和李叔叔一直對著升空的國旗，遙遠地行著注目禮，心中充滿一份有所依傍的踏實感。小朋友都知道，懸掛國旗的船隻，就代表國家。船隻的到達，就代表領土的延伸。我們當時雖遠在漢堡，忽然看見自己國家的船隻，立刻覺得已回到自己的國家了，我眞感謝主人能給我們那千載難逢的機會。

主人看我們那樣專注的神情，也非常感動。他以流利的英語對我們說：「我在美國求學時，去西點軍校以及愛靈頓公墓參觀，一聽見美國國歌，看美國國旗升起，我竟忍不住掉下眼淚來，因爲我想起自己國家，在二次世界大戰中，瀕臨亡國滅種的哀痛。在國際人道主義與我們民族愛國情操之下，我們又復興起來，可惜的是國家分裂成東西兩種截然不同的政體了。」

沉痛的語調，使我默然良久，無以作答。

小朋友，你們在學校每天舉行升旗典禮，走在街上，到處看見國旗飄揚。在安和樂利、自由自在的國土上，你們像無憂的樹木，一天天地茁壯起來，你們的內心，一定都充滿歡欣與鼓舞。小朋友，當國旗冉冉上升時，你們要虔誠地祈禱，要感謝國家對你們的庇護。祝我中華民國萬壽無疆。　祝

健康進步

琦君阿姨

蟋蟀的故事

親愛的小朋友：

小朋友，你們都喜歡蟋蟀，養過蟋蟀吧。我膽子很小，對於任何昆蟲，都是不敢碰的。只有蟋蟀，總對牠懷有一分特別的感情。只因小時候，和哥哥一同住在鄉間，他是個捕捉各種蟲類的能手。可是每回捉到蜻蜓、蝴蝶、知了等等，總不免不小心折斷牠們的翅膀，害得牠們殘廢受罪，不能再飛而奄奄死去。仁慈的母親非常生氣，就訂下規矩，不許他捕捉會飛的蟲類，只許他小心飼養蟋蟀，餵牠們吃，聽牠們唱歌。養幾天以後，必定要放回去，讓牠們接觸大地泥土，飲啜天然露水，然後再捉兩個新的來養。因此捉、養、放，我們兄妹倆伺候蟋蟀，是非常忙碌有趣的。

如今這樣大年紀，在異鄉客地，新秋的夜晚，聽到蟋蟀的鳴聲，怎不令我懷念故鄉與童年的種種呢？

想起去年這個時候，有一天我們去看一個朋友，他是位有名的畫家，也是虔誠的佛教徒。他告訴我們，在深夜畫畫的時候，有一個誠實可愛的小朋友，在他身邊不停地唱歌陪伴他。說著說著，小朋友就唱起來了。原來牠是一隻蟋蟀。

我連忙走到桌邊去看：一個古色古香的瓦缽，盛著濕濕的泥土，泥土上是一張彎彎向下的瓦片，裡面就住著蟋蟀。泥土裡有青草，圍成幽靜的庭院，蟋蟀可以自由出入，過得舒服極了。我在牠的屋背上用指尖輕輕碰了一下，悄聲地說：「蟋蟀，出來吧，讓我看看你。」牠伸出小半個頭，馬上縮回去了。

我問朋友是從那裡得來的蟋蟀。他說是隔壁拆除房屋重建，牠在斷磚碎瓦、冷風細雨中，無家可歸，爬到他窗外來叫，他就收留了牠，給牠一個溫暖舒適的家。

每到深夜他作畫時，牠就開始歌唱，不停地唱，一直陪他到天亮。他白天睡覺，牠也休息，好一對自由快樂的知心朋友，令我十分羡慕，也想起小時候的蟋蟀。

天氣漸漸寒冷，我好掛心蟋蟀。問起朋友，他很難過地告訴我，蟋蟀斷了一條腿，但還掙扎著爲他歌唱。只因牠的生命本來就短促，不久牠停止歌唱，枯竭而死了。

我非常惆悵地寫了一首詩，寄給他看。他說看了以後感觸很深，尤其是最後一節。

蟋蟀，我好掛念你。
天地間有成千成萬的蟋蟀，
在一萬分之一秒中，生生死死。
爲何我總是忘不掉你呢？
只因我見過你的住宅庭院，

與你有點頭之交。
只因我聽見過你的歌聲。
還有——
只因幼年時
我的哥哥愛蟋蟀
在我們兄妹的小小書房裡，
蟋蟀陪伴我們讀書，為我們歌唱，
那歌聲啊，就和你的一模一樣。

朋友告訴我，他幼年時，和哥哥一同玩蟋蟀。有一天，哥哥扳起一塊石頭，弟弟伸手進去抓蟋蟀，哥哥不小心，石頭滑下來，砸在弟弟手指上，差點砸斷了小拇指。弟弟怕哥哥挨打，咬緊牙，忍住不哭。可是奶奶看見了，生氣地打哥哥，她一打哥哥，弟弟就哭，捨不得哥哥挨打啊。奶奶也心疼，只好不打了。

想起幾十年前手足情深的舊事，我們眼中都漾著淚水。

我回頭看看，那隻瓦缽做的庭院屋宇已經移走了，悵惘地說：「好可惜，不能再聽到牠的歌聲了。」

朋友默默地取出錄音機，把鈕子一按說：

「你聽，牠仍舊夜夜唱歌陪伴我。」

啊，原來他錄了音，他的小朋友，將忠誠地一直一直爲他歌唱，那歌聲是如此的親切、沉靜。這位朋友，眞是至情至性之人，留下了好友的遺音。

夜深作畫時，他不需要聽任何古典音樂或輕音樂，他只要那唧唧唧唧簡單樸實的歌聲。因爲那是知心好友的傾訴。

回家以後，我耳邊一直響著唧唧唧的歌聲。我在想，如果在我童年時期，也有錄音機的話，錄下蟋蟀的歌聲，我不是也可以永遠享受與哥哥並肩讀書之樂嗎？小朋友，這一段蟋蟀的故事，我忍不住要說給你們聽，你們是否能體會我此時心情呢？

還有，如果你們喜歡養蟋蟀的話，千萬記得，玩一兩天就要把牠們放回泥土草木中，因爲牠們究竟是屬於大自然的。需要大自然雨露的滋潤，小朋友要記得哦。

祝

健康快樂

琦君阿姨

貓客

親愛的小朋友：

自從垃圾桶邊那隻大花貓，做了我幾天客人就倏然而逝，不見牠再來後，我和小亨利都有一分失落感。小亨利到底小，他玩兒的點子多，不久也就忘了。可是我呢，卻一直總在外出散步中尋尋覓覓，盼望能再有一隻貓或狗，迎面而來，與我寒暄親熱一番，哪怕是一隻瘦皮猴都是好的。

上星期天，打開大門，竟看見一隻黃色老虎貓，向我走來，熟門熟路地直接登堂入室，躺在地毯上打了兩個滾。圓圓的一對大眼睛向我盯著，我眞是喜出望外，立刻蹲下去撫摸牠，心想「皇天不負苦心人」，親愛的貓咪終於來了。而且像多年老友，久別重逢似的親熱。

牠咕咕咕地念著經（全世界的貓念的都是一樣的經哩），一邊舔我的手背。牠長得好壯健，圓滾滾的臉，胖鼓鼓的身子，黃色的毛光潔無比。脖子上拴一根皮帶，顯然牠是有主人的，但牠爲什麼一下子就進了我家，對我表示親善呢？李叔叔說是因爲社區房屋格式都一樣，牠一定認錯家了。但認錯家總不會認錯主人呀。他又說貓和狗不一樣，誰表示歡迎就到誰家，「有奶的就是娘」。可是我卻覺得牠和我是有緣呢。

我看牠的體態神情，很像電視貓食廣告的主角Morris，於是我就毛利斯、毛利斯的喊牠，牠眞的就聽懂了，想來牠的主人一定也叫牠毛利斯吧。我再捲起舌頭用英語對牠說：「歡迎歡迎，請到客廳裡來玩。」牠就邊蹭我邊走進來，東張張，西聞聞，很守規矩的樣子。想來牠是隻家教很好的貓，但牠爲什麼偷偷出來遊蕩，是不是迷路了，我是不是可以就此留下牠呢？

可是李叔叔一直緊張兮兮的，警告我：「小心牠撒尿，小心牠抓地毯。」牠倒是很文靜地坐到我腳邊，仰臉看我，我忍不住抱起牠，牠就伸出舌頭舔我的下巴。李叔叔又警告：「小心抓你眼睛，牠舌頭多髒呀！」我央求他：「您讓我留下牠吧！」他正色說：「不行，牠不是野貓，主人找到了你就變成偷貓賊了，即使是沒主的，牠萬一有病，你不會開車，怎麼帶牠看醫生呢？」他總是把事情看得很遠，想得很嚴重。我覺得這一切都好解決，只有一點，我將來回臺灣時，如何割捨呢？還有，我偶然出門旅行時，李叔叔

哪有時間照顧牠的三餐和便溺呢？人生總是這般的無奈，我心裡好難過，貓一直瞇著眼睛脈脈含情地看著我，似在問我：「你收留我嗎？」

我又抱牠在懷中，我那抱貓的手勢，是有豐富經驗的，牠舒服得又咕咕咕念起經來了。李叔叔又說：「好了，放走牠吧。有緣的話，明天會再來的，就讓牠做個永遠受歡迎的客人吧。」

我想在這個客人未走之前，他是不會安心做事的，就只好把牠抱到門口，輕輕對牠說，「毛利斯，你從哪裡來，還是回到哪裡去吧！我實在喜歡你，但我無法收留你，好好回家吧，明天再來吧！」可是牠就是坐著不走，我只好狠一下心，把牠抱出門外，關上大門，從窗口偷偷望著牠。牠對著門，茫然如有所失的樣子，很久很久，才踽踽地走了。

我目送牠寂寞地消失在牆角，不知牠會繼續遊蕩，還是會回到自己的家，眞盼望牠第二天眞的能再來。可是今天已經是第四天了，我出門到處喊，「毛利斯，你在哪裡？」卻一直沒有牠的影子。

希望牠已經回到自己溫暖的家，受主人的撫愛。可千萬不要是主人遠遷，丟下牠不顧了。美國人愛護小動物，大概不會有這樣的事吧。我又擔心會不會是那位老婦人忽然逝世了，偎依在她膝上的貓，立刻變成無家可歸了。

我總是那麼牽牽絆絆的，對牠「不思量，自難忘」，李叔叔勸我不要把感情支付太多，應當專心讀書寫作。他哪裡知道，沒有牽牽絆絆，連讀書寫作也變得沒意思了。

我想起海明威有一篇〈雨中小貓〉的短篇小說，寫一對夫妻在意大利作客，丈夫只顧沉醉在書中，妻子倚在欄干上看雨景，發現一隻小貓躲在屋簷下的牆角，她就下樓冒雨去追牠，卻又不見了。旅店主人把牠捉回來，送給她，她抱著牠，喃喃地對丈夫說：「我要一隻小貓，我就是要一隻小貓⋯⋯」

我不記得那個丈夫有沒有從書本上抬起頭看她，有沒有回答她的話，反正那是小說嘛。

現在，我仍舊在盼望著與我有「一面之緣」的毛利斯，能再翩然而至。但我卻沒有對李叔叔說：「我要一隻小貓，我就是要一隻小貓。」

小朋友，等你們長大了，就會懂得我爲什麼不說了。祝

你們健康進步

琦君阿姨

耶誕老公公

親愛的小朋友：

還有半個多月就是耶誕節了。在國內，耶誕氣氛當然不及美國濃厚。但無論如何，到了耶誕，就接近新年。況且十二月二十五日正是我國行憲紀念日，放假一天。一連串的假期，小朋友可得好好樂一樂了吧！

這裡自從感恩節過後，各商店櫥窗已開始布置耶誕景象。各種琳瑯滿目的禮物陳列出來，引誘你打開荷包。我呢？作客異國，總有此身如寄的感覺，竟是一點逛街買物的興致也沒有，倒是想起小朋友們，路遠迢迢的，我沒有禮物送你們。就藉著這枝筆，寫點有趣的故事給你們看，作爲我的耶誕禮物吧！這就叫做「秀才人情紙半張」哪。

提到耶誕，第一個想起的就是我的外公，因爲他飄飄然的白鬍鬚，長長的白眉毛，襯著那張笑口常開的臉，十足的就是位耶誕老公公呢。

記得在念初中時，國文老師要我們寫篇〈快樂的耶誕節〉，我就寫了篇〈耶誕老人——我的外公〉。當時眞是唏哩嘩啦的，一下子就寫好了。那篇「大文章」得了第一名。老師誇了又誇，唸給全班同學聽，想想我有多得意啊！其實並不是我「文章」寫得好，只因外公太可愛，一想起他，靈感自然就來啦！

現在我再把外公的故事寫出來給小朋友看。當然，我現在的作文，一定比初中時候進步了。希望小朋友們看過以後，給我批個甲上再加個星星，讓我再得意一次，那就是你們給我的耶誕禮物囉！

我家鄉是個舊式農村，沒有過耶誕節的習俗，但村子裡有一所耶穌堂，一所天主堂，到了冬天下大雪時，牧師和修女，都會來捐錢和衣物給貧苦兒童，外公說：

「我信佛，你們信天主、耶穌，都要做好事、佈施的。眞好，眞好。」他和媽媽都儘量的給錢和米糧。老長工阿榮伯稱牧師是「豬肚徒」（基督徒，他說走了音），媽媽喊修女白姑娘，因她們皮膚雪白，人又和氣，穿著長長的道袍飄呀飄的眞像天使。

那時地方上有個謠傳，說我家的財神爺好靈，守著大門，小偷進不來。我問媽媽，財神爺像什麼樣子，媽媽說，一定是像教堂裡打扮的耶誕老公吧。外公只是摸著鬍子笑。阿榮伯告訴我，村子裡有個小偷親眼看見我家財神爺了。原來他夜裡來偷穀子，一擔穀子已經挑到門口了，卻看見一個白眉毛白鬍鬚的老人，站在前面，指著他說：「你把擔子放下，我是財神爺，不許你偷東西。」他馬上覺得穀子變得好重，再也挑不動了，嚇得丟下扁擔就跑。財神爺說：「站住，你沒錢，我給你兩塊銀洋錢，買點吃的過年，以後好好去學手藝，不要再當小偷。」他捧著銀洋，跪下拜了三拜才走了，以後他眞的好好學手藝，沒有再當小偷了。我問外公眞有財神爺呀？外公笑嘻嘻地說：「家家都有財神爺，是不是保佑你，就看這家做事待人怎麼樣。」

我有點半信半疑，卻總是喜歡靠著外公，坐在後門口，聽他講好有趣的神仙故事。我家每逢雙日是施捨乞丐米糧的。後門口擺個大米斗，一個木酒杯，每個乞丐揹個小布袋，伸過來，每人一杯米。這件工作我最最有興趣。阿榮伯兜米時，常把大拇指伸到杯子裡，米就只幾粒蓋在指頭上面，外公說：「不要這樣，太小器了，我要兜得滿滿的。」他若是推牌九贏了錢，就把一塊銀洋換成三百個銅板，小乞丐每人一大枚，他們就越來越多，有的討過了又來，我大喊：「他已經來過了。」外公只當沒聽見，照給一大枚，三百個銅板一下子就光了。我說：「老師說的，做人要誠實，有的人在騙您，您爲什麼還給？」外公說：「他騙你，你知道就好了。不要說穿，他心裡也會明白過來的。回去想想，下回就不好意思再來了。」我有點捨不得白花花的銀洋錢。外公說：「一個銅板，在你吃得飽、穿得暖的人不稀奇，在他們看來比斗笠還大。他們長大以後，日子好過了，會想起小時候別人對他的幫助，一定也會一樣幫助別人的。你懂嗎？」我說：「懂是懂，不過您這樣做，老師一定不贊成。他說乞討是懶惰的依賴行爲。」外公說：「你老師是新腦筋的讀書

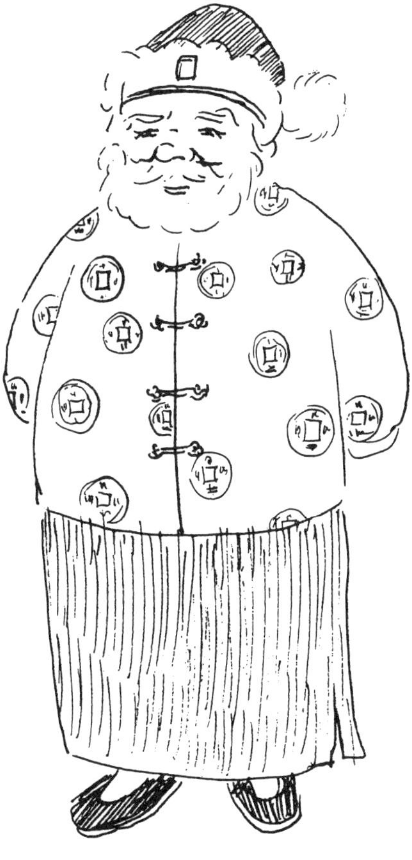

人，我是舊腦筋的種田人。」說著就呵呵的笑了。他又輕聲問我：「小春，你知道那個小偷碰到的白鬍鬚財神爺是誰嗎？」我睜大眼睛搖搖頭說：「財神爺就是財神爺嘛。」他又呵呵大笑說：「那個財神爺就是我，你的外公爺呀！」我拍手大叫：「外公，您好好玩，好聰明啊！」我把事情告訴媽媽，媽媽笑嘻嘻地說：「我早就知道了。那個財神爺一定就是你外公爺，我說他不只是財神爺，還是教堂裡的耶誕老公公呢。財神爺只把錢財守住，你外公卻把錢財散給別人呢。」

因此我就稱外公是耶誕老公公。

我漸漸長大了，外公過世了。他慈愛的笑容，飄飄然的白鬍鬚，一直浮現在我心頭。每年耶誕節，看到櫥窗裡的耶誕老公公，我就會在心中默唸：「外公，我好想念您啊！您在天堂裡，過年過節時，一定也忙著一大枚一大枚的，給小孩們錢吧。」

小朋友，我眞的好想念外公。年紀雖然一大把了，一想起外公來，就會變成小孩似的，想著他老人家教導我的話，我要好好地照著做，小朋友們有外公有爺爺

的，千萬要多陪陪老人家玩玩，聽他講古老的故事多有趣啊。耶誕節到了，買點小禮物給爺爺給外公，別忘了喲！祝

健康快樂

琦君阿姨

好想吃冰淇淋

親愛的小朋友：

天氣已經很冷了，前幾天還忽而飄了幾分鐘的雪呢。左右鄰居，都關起門窗來開暖氣了。我卻沒有開，我覺得冬天就得要有點冬天的味道，我是從臺灣亞熱帶地區來的，要能耐得起熱，也能耐得起寒冷，這也是對自己體格與意志雙方面的磨練呢！

李叔叔從辦公室回來，就連聲喊好冷。美國的大樓與公寓暖氣開得把人都蒸出汗來，沒辦法個別調節，只好開窗戶再把冷氣灌進來，實在太浪費了。我對他說：

「你在辦公室太熱了，回家來也讓你嚐嚐『冷暖人間』的味道。」接著就給他端上一杯我自己做的草莓乳酪。多好吃呀。沒想到他說：「太酸了，沒有冰淇淋好吃。」我說：「這樣的冷天，怎麼又想吃冰淇淋呢？」他說：「無論什麼時候，我都喜歡吃冰淇淋，因爲它總給我帶回一段溫馨的回憶。」

於是他就講起古老的事兒來了：學生時代，在重慶山城，天天逃日機空襲警報，防空洞裡夏天都好悶熱，警報解除，一出洞口，烈陽如炙，就只想喝點冰涼的東西。那時還沒有騎單車賣蛋捲冰淇淋的，頂多在小店裡買瓶不冰的汽水解渴。有一天，一位家裡很有錢的廣東籍同學來看他，請他看了一場電影，又買了兩杯冰淇淋，兩人邊走邊吃。那又甜又冰的味道，是他一生中吃過的最好吃的冰淇淋。那位同學，從那次一分手，三十年後才在香港再見面。大家都已是五十多歲的人了。李叔叔心裡太興奮，竟想不起話來說，卻冒出一句：「那年你請我吃的冰淇淋眞好吃。」那朋友好像沒有聽見，只喃喃地說：「我們都老了，你我頭上都有白頭髮了。」他們到一家茶樓坐下來飲茶，茶苦苦澀澀的，聲音又嘈雜，當時，他眞好想再吃杯和三十年前一樣好吃的冰淇淋啊。

李叔叔講得入神，使我也想起自己第一次吃冰淇淋雪糕的情形。

在長遠的五十年前，我在上海讀書。那時，舊法幣兩毛錢可以買二十個鍋貼，就夠我一天的糧食了，但新出品的冰淇淋雪糕叫做「白雪公主」，卻要兩毛錢一根，抵得二十個鍋貼了。我一個鄉下去的窮學生，怎麼捨得吃呢？有錢的同學，在食堂裡每餐飯後，都要吃一根「白雪公主」，看得我好羨慕，心裡對自己說：「哪一天，我要和最要好的同學合買一根來嚐嚐。」直到期中考英文考卷發下來，我居然得了個大大的「A」，全班第一，瞎子打拳似的，被我打中了。連平常神氣活現的「英文大將」，都被我遙遙領先了。我這一得意，非同小可，怎能不大大慶祝一下呢，第一件想起的就是獨資買一根「白雪公主」，請我好朋友來分享，而且要對著那個「英文大將」，吃給她看，因爲她是雪糕吃得最多的一個。

我從口袋裡挖出暖烘烘的兩角錢，買了一條巧克力「白雪公主」，用小刀切開，與好朋友一人一半。我們慢慢兒的舔，舔得滿嘴唇滿手都黏黏的。那半根雪糕呀，眞是世界上最最好吃的冰淇淋了。同學說：「大考完畢後，由我請你，我們再一人半根。」沒想到大考一完，她因父親病重，急急趕回南京，那根雪糕就沒有吃啦。自南京回來時，她頭上戴著一朵白花，跟我一樣，我也是戴父親的孝，頭上一朵白花。我們都是無父之人，同病相憐，交情也格外深厚了。畢業後，我們一度在同一中學教書，住同一房間。下了課，我們常常去福利社買白雪公主冰淇淋，一同分享。那濃濃厚厚的友情，就不是冰淇淋的香甜味道可比的了。

臺灣早期那種單車上的蛋捲冰淇淋，現在的小朋友們，一定已經見不到了。西門町有一家叫白熊冰淇淋的，以前名氣好大，我去吃過，但總覺得沒有學生時代，難得英文考了個第一名，興奮地和好朋友分嚐的第一根雪糕好吃。這些年來，臺灣生活水準愈來愈高，冰淇淋的種類也愈來愈多。我只在忠孝東路一家吃過，但吃不出特別味道來。去年夏天經過歐洲，一路上好多次又累又渴又餓，礦泉水苦苦的，又不能充飢，好不容易排隊花大錢買了兩杯冰淇淋，在一家小店門前的露天椅子上坐下來，才吃了一口，一個服務生就兇巴巴地走來，說冰淇淋不是他店裡賣出來的，不能坐他們的椅子。我們又難為情又生氣，邊氣邊走邊吃，大太陽底下，冰淇淋化了，滴滴答答的黏得滿手，那是我一生中吃過最難吃的冰淇淋了。

美國的冰淇淋花樣百出，專賣店以外，超級市場也有很多種，任由你選購。但我很少買來吃，倒是好懷念臺灣的冷飲店、咖啡室，二三好友，可以坐下來慢慢兒吃，慢慢兒聊。想想豈只水是故鄉甜，連冰淇淋也是自己國家的甜呢。

好了，下次再談。祝

健康進步

琦君阿姨

快樂新年

親愛的小朋友：

現在你們正在度著輕鬆而且溫暖的農曆春節，我可以想像你們一定是快樂無比！

我在一個沒有自己節日的異國，無論端午、中秋、新年，李叔叔都照常上班，一個人在家，過沒有一點氣氛的節，實在不是味道。去年我曾寫過一篇〈不放假的春節〉，有點怨氣沖天的樣子。今年，我已經習慣了。一個人靜靜地在家看書、寫稿、賞室內的花、賞室外的雪，有什麼不好呢？所以現在我要寫信給你們，對你們說「新年快樂」，而且講點童年時代過新年的有趣事兒給你們聽聽。

今年是牛年，說起牛，我會想起小時候，我的好朋友，那頭壯健溫順的黃牛。阿榮伯喊牠「黃牯」，因爲牠是公的。我媽媽就喊牠「阿牯兒」，可見她對牠的寵愛了。

春天牽著黃牯到後門小溪邊吃青草的差事，一定是我的。我常常摸著牠的背咕噥著：「阿牯兒呀，你爲什麼不是母的呢？給我生隻小阿牯兒多好呀！」牠把頭回過來，伸出舌頭舔舔我的手，我說什麼，牠都像聽得懂的樣子。

有一年也正好是牛年，大年初一，阿榮伯把牠從牛欄裡牽出來，對牠說：「黃牯呀，今年是你當令喲，我要好好款待你一頓呢。」

正說著，媽媽已端來滿滿一碗黃酒，裡面還調了個生雞蛋，給牠喝下去，大補特補一下。阿牯兒舌頭舔呀舔的，吃得好高興。

我有個頑皮小叔，這時正走來給我媽媽拜年，他連聲地喊著：「哈背牛年，哈背牛年。」阿榮伯和媽媽都聽不懂他爲什麼說「哈背哈背」的，媽媽還說：「過新年，要講吉利話呀。」小叔說：「我講的是吉利話嘛，哈背就是英文的happy，快樂的意思。牛年就是英文的新年new year。哈背牛年就是快樂新年呀。」聽得媽媽和阿榮伯都快樂起來。媽媽就在貼身口袋裡摸出一個銀角子給小叔買糖吃。小叔說：「一個角子呀，大嫂，要兩角喲，兩角就是一雙，你不是說一雙才好聽，才圓滿嗎？」於是媽媽又摸出一角給他，湊成一雙。我摸摸自己的口袋，叮叮噹噹，不知有多少「一雙」的角子哩，那都是外公和阿榮伯下棋贏了給我的。過年時，外公給我一塊亮晶晶的銀洋錢，可以兌換六雙銀角子，十二枚。我掏出來在小叔鼻子尖上晃一下，說：「哈背牛年，我有一塊大洋錢。」小叔愣在那兒好半天，因爲他沒有呀。

小朋友，你們說我小時候是不是也很頑皮呢？但是再怎麼也頑皮不過小叔，我非常的佩服他，儘管他會想盡各種方法，騙走我的壓歲錢，我仍然是心甘情願地給了他，連討都不敢向他討，生怕他一光火，就不帶我玩兒了。他玩兒的花樣好多。到現在，我還記得許多戲法，都是他教我的。小朋友，可惜我們離得太遠，我沒辦法教你們，比如：手心裡一個銅板變兩個，好有意思啊，可是信裡是寫不清楚的。你知道嗎？我的銅板就是他教戲法一個個騙去的哩！

這是我在家鄉的情形，後來到了杭州，進初中唸書了。第一年的農曆新年就不放假，因爲那時政府提倡過國曆新年，學校只好把寒假分成兩截，中間一段春節，偏偏要去上學。在大雪紛飛中，同學們一個個哭喪著臉到課堂裡，沒精打采的，國文背不出來，英文生字也拼不出來。我們的級任老師在自修課時進來了。雙手捧著一個圓圓大紅紙包，我們以爲是她請我們吃年糕呢。她一聲不響，打開來舉起向我們一照，原來是一大顆大大的、亮晶晶的金星，鑲在一個圓圓框子裡，翻過來是一面鏡子。老師慢條斯理地說：

「你們上星期，課堂的安靜紀錄是甲上，所以我送你們全班一顆金星，表示慶祝。希望你們每學期都有同樣好的表現。金星只是老師給你們的紀念品，你們最好是自己在心裡畫記號，每一天，每一週，每一月，到了一年終了時，在自己的心靈上，就可獲得一顆金星。今天是年初一，所以我送你們這顆金星，表示一個最最吉利的開始。金星的後面是一面光光的鏡子，我現在把它懸空掛在課堂裡，你們每天走進課堂，看到金星，又可以在鏡子裡照照自己，儀容是不是整潔，臉色是不是健康，眉目之間是不是帶著喜樂的神色。這樣多看看自己，比老師和同學對你的讚賞和批評都更有意思。所以我要送你們一顆金星和一面鏡子，作爲新年禮物。」

她笑了笑，又繼續說：

「我看到你們都好像不大開心的樣子，一定是因爲過新年沒有放假吧。其實你們在家裡哪裡有在學校裡朋友多，更熱鬧呢？校長已經說過了，今天上午不上正課，每一節課都由老師帶領同學講故事或做遊戲節目，中午在大禮堂裡分新年蛋糕和糖果，下午停課，由師範班的學姊來表演唱遊節目，你們現在該開口笑了吧。」

全班同學都拍手歡呼起來，覺得這是我們過得最最快樂別致的新年。大家都搶上前去對著鏡子照，發現每一張臉都是笑開出花來。我們好感謝級任導師，好感謝校長對我們的愛啊！

這一幕歡樂的情景，隨著時光逝去已幾十年了，如今一想起來，便覺溫暖在心

頭。在這農曆新年即將來臨之前，我禁不住以滿懷喜悅之心，告訴你們，並祝你們有個快樂幸福的新春佳節

琦君阿姨

鴿子與公雞

親愛的小朋友：

知道你們一定都好愛小動物，所以今天再和你們講幾個鴿子的故事。

我家門前的草坪很小，但天氣暖和時，總會有小松鼠和小鳥們來跳躍覓食。有一次，竟有一隻鴿子也飛來了，在洋灰走道上散步。我連忙抓一把玉米撒在地上，牠就飛到我肩膀上、手臂上來啦。啄完玉米以後，還戀戀地不捨得飛走呢。美國的鴿子對人非常信賴的。當你走在任何建築物前面的廣場上，或是坐在大學校園中休息看書時，成群的鴿子都會圍繞著你漫步，牠們都有百分之百的安全感。不像我們國內，連賽鴿在飛行的歷程中，都是危機四伏，隨時有被捕烹食的可能。這也使我想起每年南臺灣候鳥過境時，成千成萬的伯勞、灰面鷲，都慘遭捕殺了。小朋友，你們是不是覺得這種野蠻行爲，是我們國民很大的羞恥呢？

我還記得二十多年前，一個鄰居太太，養了一大批鴿子，卻是每天殺兩隻，給她自己與丈夫進補。殺的手段，眞是非常殘忍。她用手捏住鴿子的嘴巴，活活把牠悶死，認爲這樣吃起來，才好吃才補。我每次勸她不要這樣將鴿子「凌遲處死」，她總是不聽。孔子說：「里仁爲美，擇不處仁，焉得智。」我不忍眼看活潑飛翔的鴿子，一隻隻飲恨而終，所以一有了另外宿舍，就連忙搬離那個地方。而這一對天天拿鴿子進補的夫妻，不久都先後去世了。如果眞有鬼魂的話，那些被活活悶死的鴿子，一定會找他們算帳呢。古人說：「莫道群生性命微，一般骨肉一般皮。」更何況鴿子是和平的象徵，也是人類的好朋友。耐心給予訓練的話，牠們還會忠心耿耿地，爲人類服務呢！

我在一本雜誌上看到，海上救難人員在與海面距離遙遠的地方，不容易看清目標，於是就將三隻經過嚴格訓練的鴿子，放在直升機下面的軟玻璃艙裡，緩緩飛行。鴿子能在距離海面四分之三英里遠的浪濤中，看到墜海者漂浮的橘紅色救生衣，就會去啄通訊鈕子，告訴救生員方位。可是當他們緊急迫降去拯救即將沉溺的人時，不及收起軟艙，鴿子卻被壓而犧牲了生命。文章中說，他們又得花很長的時間，再訓練一批鴿子。似乎他們心疼的只是時間與金錢，而我心疼的卻是那三隻為人類慷慨捐軀的鴿子。聰明的人類，就是懂得如何利用動物的一片愚誠。小朋友，不知你們對這件事有什麼感想？

更有一個悲傷的故事：在第一次世界大戰時，軍中也都用鴿子來擔任危險的探察工作。因此德國在占領每一個新地區時，都把當地所有的戰鴿，全都殺死。因為忠貞的鳥兒，是不會投降敵人，替他們效命工作的啊！據估計，那一次的戰爭中，被殺死的鴿子有一百萬隻。在法國的利爾，有一個紀念碑，就是紀念這些英勇的鳥兒的。

其中有一隻鴿子，名叫蕭阿米（Cher Ami），牠原是一隻比賽鴿。在那次大戰中，有一支美軍軍隊前進時，超過了陣線，陷在敵軍的包圍裡。沒有人能越過猛烈的砲火線，潛回自己基地報訊。放出去的鳥兒也相繼死亡，最後他們把這危險的任務寄託給蕭阿米。這隻小小的鴿子，在牠奮勇飛行中，被一陣榴彈砲的碎片割斷了一條腿。但牠還是掙扎著勇敢的向前飛，在二十五分鐘以後，終於到達自己的基地，報告了被困的軍隊位置。而那個關係全營生死的消息，就綁在那條受重傷的腿上。那條腿已只有一根腱子，千鈞一髮地連在顫抖的小小身體上。

忠勇的蕭阿米，被做成標本，放在華府史密生中心，永遠供人們憑弔、追思這位戰爭英雄。

小朋友，讀了這段故事，怎不令人感動呢？

想起我們臺灣基地最前線的金門，也有一座刻著陸軍上士的紀念碑，上面塑的是一隻公雞引頸高啼的英姿。據說牠非常忠勤銳敏，只要對岸有絲毫動靜，牠就會高啼緊急報信，使我軍及時預防。有一次牠卻不幸被彈片炸死了。戰士們為牠立了這座紀念碑。牠的事蹟，不也和那隻鴿子一樣感人嗎？

戰爭、死亡，總是非常悲慘的事情，可是為了正義，為了自由，有時不得不犧牲寶貴的生命。我國古往今來多少忠臣義士，和革命先烈的拋頭顱、灑熱血，都是為執著於這個原則。可是，「視死如歸」豈是一件容易的事呢？ 祝

健康

琦君阿姨

想念阿牯兒

親愛的小朋友：

因為今年是牛年，所以上次信中，和你們講到小時候在鄉村，有一個好朋友，是一頭可愛的黃牛「阿牯兒」。牠是我的好伴侶，我天天陪牠散步，真是好喜歡。我又夢想回到故鄉，回到童年時代，牽著阿牯兒在小溪邊吃草。春天的山好青，水好綠，一陣陣風吹來都帶著草花香。我常常躺在山腳下睡著了，阿牯兒吃飽了青草會用濕漉漉的大鼻子把我碰醒。

阿牯兒的脾氣，我最最清楚，牠一抬頭，一搖尾巴，我都知道牠是什麼意思。

牠總是喜歡我跟著牠走，不喜歡我自顧自看故事書或睡覺。我跟牠說話，牠都懂。耕田時長工伯伯對牠說的話都是命令式的，只有很簡單的兩句：「起溜，起溜。」就是「向前走」。「拔溜拔溜」就是「停下來」。可是我跟牠這樣說時，牠卻理也不理，用大眼睛定定地瞪著我，牠一定在心裡想：「你又不會帶我耕田，什麼起溜拔溜的。」我就摸摸牠的頭頂心說：「阿牯兒呀，你好壞啊。」牠就把長尾巴使力地甩過來，輕輕拂在我的身上。牠就是這麼頑皮。

想念著阿牯兒，不由得使我想起兩個關於畫牛的故事。不知小朋友聽過沒有？

唐朝有一位畫家，名叫戴嵩，最會畫田家風光和牛。他有一張「鬥牛圖」，自認爲是一張得意的作品。這張畫流傳到宋朝，被一個大收藏家視爲珍寶。時常取出來排在大廳上左看右看地欣賞。有一天，一個牧童正巧走過，看了畫就哈哈地直笑，收藏家問他笑什麼，他說：「牛打架的時候，身體使力向前衝，尾巴都向裡夾得緊緊的，那裡會像這兩條牛，把尾巴翹得高高的，一點也不像嘛。」收藏家慚愧地收起畫，心裡想，戴嵩是個名畫家，怎麼畫動物都不仔細看看清楚呢？

從這件事看來，一個人做任何一項藝術工作，或是寫文章，都要細心觀察，實際體驗，不要只憑想像，面壁虛構，那是逃不出明眼人的指摘的。我當年聽了這故事以後就想，可惜我不會畫，我如畫牛，一定把阿牯兒的神情一絲絲的都畫出來呢。

還有一個畫牛故事，是宋朝米芾的。米芾自己是名畫家，又愛珍藏別人的名畫。有一次，一個賣畫的人，拿了一張戴嵩的牛給他欣賞，他實在太喜歡了，在夜晚把它臨摹下來，畫得一模一樣。第二天，就把自己畫的一張冒充戴嵩的，還給賣畫的人，沒想到那人搖搖頭說，「這張是冒牌貨，請把眞跡還給我。」米芾大大地吃驚，問他憑

什麼說這張是假的。那人笑笑說：「你臨摹得固然好，卻沒有注意到我那張牛的瞳孔裡，有牧童的身影，你沒有畫出來，所以知道是假的。」米芾滿面羞慚，只好把眞畫還給他。從這件事上，米芾儘管是個大畫家，他的品德卻大打折扣了。

寫到這裡，卻想起自己七、八年前一件有趣的事。就是這個故事，竟被我賣了一千美金呢！這是怎麼說呢？原來我那一年忽發胃病動大手術。出院後送來的帳單，除了住院費與伙食費有保險以外，手術費一千八百元因爲是請院外醫生開的刀，一個子兒也不能減免。這對我這個客居中沒有分文收入的人來說，實在是筆大數字。我曾寫信用各種理由，希望那位猶太醫生打個折扣，卻沒有回音。只好再去看他，我的理由是事先並未得醫院通知，院外醫生不參加保險，並告訴他一時實在付不出這麼多。我的希望也只是分期付。正說著，我看見他牆上掛的一張米芾的山水，就誇讚了一下他屋子布置的高雅，他問我這張米芾的畫是不是眞跡。我那裡懂呢？倒是想起了米芾臨摹牛的故事，就忍不住講給他聽。但爲了顧全中國古人的面子，就稍加改編一下，說米芾臨摹以後，把兩張畫一起拿給賣畫的人看，讓他認那一張是眞跡。他認爲自己的畫可以亂眞，如果那人認錯了，拿了臨摹的一張，那也就是他自己的事，沒想到他一下子就認出來了。就是畫中眞跡的牛，瞳孔裡有個牧童的影子。米芾畫的那一張卻沒有。

我講完這個故事，醫生大笑，連聲說有趣極了。他一高興起來，問我欠的手術費究竟能付多少，我只好實說，零頭數八百元可以嗎？他居然馬上同意，少掉我一千元，我眞是好意外，一個故事値一千元美金。都說猶太人最精明，這下子卻又眞慷慨呢。

小朋友，這是一段插曲，你覺得有趣嗎？這也可見得，人與人之間，感情溝通是很重要的，不然的話，爲什麼叫「見面三分情」呢？下次再談　祝

健康

琦君阿姨

鞋子告狀

親愛的小朋友：

快樂的新年已經過去，你們就要回到學校迎接新的學期了。媽媽有沒有對你們說：「孩子呀，上學了，把新衣新鞋脫下來，星期天出去玩兒或到外婆、阿姨家作客時再穿吧。」你們是不是不情願脫下新的，換上舊的呢？是啊，誰不喜歡穿新的呢？尤其現在我們國家這樣富庶繁榮，百貨公司裡，小朋友們的衣著，堆得滿坑滿谷，媽媽都會給孩子買得樣樣齊全的。但無論多麼豐富，做媽媽的都會吩咐：「仔細點穿，別把衣服撕破了、鞋子穿得七歪八翹的喲！」媽媽總是比較儉省，賺錢謀生究竟是辛苦的呀！

有封信裡，我不是跟你們提起外公嗎？外公比媽媽還要省，他一年到頭都穿草鞋，冬天最冷的日子，才穿上布鞋。下雨天，布鞋外面還套草鞋，免得踩髒鞋底。那種草鞋，是特別用蒲草編的，稱爲「蒲鞋」。莊稼人下田時穿一種

用繩子拉起來像現在涼鞋似的草鞋，下了工，洗了腳才穿蒲鞋，那就算是一等享受了。這種情形，恐怕不是你們想像得到的吧。

記得媽媽有一天拎了雙爸爸穿舊了的白底黑緞鞋給外公穿，他說：「我才不要穿哩，走路都不起腳的。」他又連連嘆氣說：「眞可惜，嶄新的就丟著不穿了。當年初（從前的意思）我做新郎官都沒這樣講究的鞋子穿呢。」聽得我咯咯的笑彎了腰，外公說：「嘛飯卒（只知道吃飯的小孩子）不要笑，我講個鞋子告狀的故事給你聽。」我馬上不笑了，乖乖地聽外公講：

有一個人，買了雙新鞋，穿了三年穿破了，捨不得扔，又當拖鞋拖了三年，拖得後跟都沒有了，還捨不得扔，再用大母趾夾著拖了三年。夾得鞋子實在受不了，跑到閻王前面告狀，說那人虐待他。閻王要他找證人，他找來襪子爲證。襪子說：「前面的六年，我和他同甘共苦，可以作證，最後三年，我已經升官當了套褲，所以不知實情爲何，不敢亂說。」小朋友，套褲是那時代一種簡便的褲子，只有兩條褲管，沒有褲腰褲襠，穿在長袍裡，露出兩邊，像是條完整的褲子。襪子底被穿通，跑到上面去了，他才幽默地說自己升官當套褲了。

閻王一聽，摸摸鬍子說：「鞋子呀，你的命運沒襪子的好，襪子還有升官的一天，你受苦受難九年，卻連個證人都找不齊全。我身爲閻王，判斷案情要重證據，只能判你受了六年的委屈。但你轉世不再當鞋子，想當什麼呢？」鞋子說：「我要做一雙腳，也把鞋子穿他個九年。」閻王說：「鞋子呀鞋子，你又何必冤冤相報呢？你奉獻了一生，雖然粉身碎骨，心靈還是完整的。爲了使你脫離人世的煩惱，我把你變成一株青松，高高長在山頭，四季長綠，人們不再低頭看你，而是抬頭望你，羨慕你的長命百歲。你應該快樂了吧。」

鞋子叩頭說：「謝謝閻王老爺，我一定做一株茂盛的松樹，用綠蔭覆蓋來往的行人，讓他們在樹下休息。我還要迎著山風，唱歌給那個穿過我九年的主人聽呢，我將要唱：

好朋友，坐下來歇歇吧，

鞋子告狀

切莫來去太匆匆
切莫把鞋子穿得前通又後通
我當年是你腳下的忠僕
差點被折磨得無影無蹤
今天　卻是你頭頂的青松
這才叫　十年水流西，十年水流東
但我仍忘不了
悲歡喜樂與君同
朋友　且拋卻人間憂患
來與我共享
山間明月
幽谷清風

小朋友，故事到此結束了。其實，外公並沒講那麼長，他只講到鞋子因襪子不能爲他全部作證，只好垂頭喪氣地走了。我當時就很同情鞋子。他已粉身碎骨，叫他飄蕩到那兒去呢？這不是太不公平嗎？後來我長大了，一穿舊鞋子，就會想起外公講的故事，不由得隨口把故事往下編。小朋友，你覺得我編得合理不合理呢？你喜不喜歡青松唱的歌呢？　祝

健康快樂

琦君阿姨

一同來讀詩

親愛的小朋友：

今天，我以一顆雀躍歡樂的心，給你們寫信。因爲看整個大地，陽光普照，春天已經來臨了。我貪婪地朝窗外呼吸，每口氣裡都是春天的香味。我案頭的小小仙人球，冬天又脫了一次葉子，現在，頭頂上三根幼苗又冒出來了。所有的小盆栽，一片片葉子都綠到你心坎兒裡，叫人怎麼不高興呢！

還有一件令人快樂的事，就是我一口氣讀了一本兒童詩。這本詩集叫做《快把窗戶打開》，是一位極熱心、極愛小朋友的林武憲老師寫的。他特地給我寄來這本詩集，是因為知道我雖然已經年紀一大把，可是讀起給小朋友們寫的詩來，六、七十歲的人，就會變成六、七歲的孩子似的，手舞足蹈起來。他要我與他隔著重洋，一同享受這分歡樂。

如今我又要把這份快樂，分給你們共享。小朋友，且聽我慢慢告訴你，這本集子裡許多許多可愛的、有趣的詩句，相信你們會喜歡。

第一首詩〈小樹〉和插畫，就看得人馬上高興起來。畫是曹俊彥老師畫的，他畫一個梳著雙髻的小姑娘，提著小桶與噴壺，張開手臂。小樹也張開手臂，蝴蝶繞著它飛舞，小鳥也來陪伴它。小姑娘說：

「有這麼多朋友關心小樹，小樹喜歡這個新家了，伸出嫩綠的小芽笑了，在暖暖的陽光下。」

這個小姑娘，眞像我憨傻的小時候。當然啦，我哪有她漂亮呢！

在林老師的心目中，所有的花草、蟲、鳥都是很有情義的。他看見鴿子在勤勤懇懇地飛，就知道牠們「不論飛多久，不論飛多遠，家，永遠是圓心。」小朋友，有哪裡比得故鄉的親切、家的溫暖呢？你們長大以後，爲了學業、爲了工作，可能都會飛得離家千萬里，可是飛得再遠，一顆心都要繫念家鄉、親人。人可以遠走高飛，心卻不能啊！

小朋友一定看過螞蟻搬運糧食的景象吧！牠們那麼辛苦，卻是充分表現了團隊精神。牠們服從命令，秩序井然。

林老師說牠們：「遇到同伴就行禮，走路也會排隊。」我小時候最愛守著螞蟻搬餅乾。大人走過，

我就會喊：

「小心啊！蟲蟲在搬家，不要踩到牠們喲。」

我又想到臺灣早期的公車司機先生，遇到對面來車，都會相互打招呼，非常有禮貌。現在呢，都像氣鼓鼓的，一點禮貌也沒有了。至於排隊精神，小朋友是不是很佩服螞蟻那份耐心呢。

缺雨的日子，河水就很淺了，林老師說：

「小河好瘦好瘦，沒精打采的，他是不是在想念我們。」

小朋友是不是也覺得小河會瘦。可是今年年初，臺北一直陰雨連綿，小河一定變得很胖很胖了。可是報載南部偏偏又乾旱，那麼小河們就很瘦很瘦了。但願我們國家風調雨順，小河、沼澤都長得精神百倍，不胖也不瘦。

小朋友，你們看大自然中一切景象時，是不是覺得樹木、花草、山、水、風、太陽，有時都是很頑皮也會發脾氣的。林老師說：

「小河頑皮起來就把山壁當滑梯，從天上溜下來。」

這不就是瀑布嗎？你們一定遊玩過烏來的瀑布吧。它不就在溜滑梯嗎？小雨點也是頑皮的，「成千成萬的你推我擠的下來了。」小朋友打傘或穿雨衣走在雨中時，是不是覺得雨點在砰砰砰地敲你的頭頂和肩膀。風呢？「溫柔起來會替你把汗水擦乾，發起狂來就變成颱風巫婆」，一點也不溫和可親了。還有「好心的太陽有時很笨，不明白為什麼曬不乾人們身上的汗水。」小朋友，當你們被太陽曬得滿頭大汗時，只要想到太陽原是好心好意的，只是有點兒笨，你就不會生他的氣了。

使我最最感動的是其中〈釣魚〉的一首，林老師說：

「把魚釣起來，釣魚的人很快樂，他不知道，水裡有魚的眼淚。」

想想看，當魚嘴被鐵鉤鉤住，被提了起來，渾身掙扎發抖，是多麼痛楚啊！魚兒好好的在河裡，你又何必去引誘牠上鉤呢？我也寫過幾句詩：

「奶奶，揹我上山採果果，揹我去河邊捉魚魚。奶奶說，我只帶你採果果，不帶你捉魚魚。因為捉了小魚魚，魚媽媽魚奶奶會哭，捉了魚媽媽魚奶奶，小魚魚也會哭啊。」

小朋友，我告訴你們，凡事都要將心比心，對人對小生命都一樣，你感到害怕的、痛的，小動物也一樣感到害怕與痛。因此憐惜小生命，同情牠們，心裡就會平安快樂。下次再談。祝

健康快樂

琦君阿姨

講幾個笑話聽聽

親愛的小朋友：

今天來講幾個笑話給你們聽，好嗎？

如今的照相技術眞是高明。一卷膠卷不一定要一口氣拍完，都可隨時去沖洗，一小時後取件。還有一種叫做「拍立得」的相機，一按鈕子，照片就從相機前方吐出來，跟變魔術似的，多方便啊。這樣的生活享受，眞是以前的人連夢都做不到的。所以古老的人，如果難得拍一張，那份得意，可就別提了。

因此就有一個關於拍照的笑話。有一個姓王排行十二的年輕人，拍了一張照。

他高興極了，就在照片邊題了四行字，把它掛起來：

相貌堂堂，
掛在中堂。
有人問起，
王十二郎。

朋友們一看，覺得照片比他本人胖，不太像，倒有點像是他弟弟。他說：「那好辦，我來加幾個字。」他就在每句下加了兩個字：

相貌堂堂無比，
掛在中堂屋裡。
有人問起是誰，

王十二郎令弟。

可是過不多久，這位王十二郎長胖了。照片倒又像起他本人來了。他開心地說：「這四句又得各加三個字了。」成爲：

相貌堂堂無比之尊容。
掛在中堂屋裡之正中。
有人問起是誰之玉照。
王十二郎令弟之令兄。

這個故事是我童年時代老師講給我聽的。他說：「從這個故事裡，一則可以見得從前人拍張照片，多麼不容易。無論像與不像，都是最寶貴的。二則也可以看出中國文句可以自由伸縮，非常有趣，不像英文句法那麼受限制。」老師的目的，是要引起我對文言文造句的興趣。

因此老師又想起另一個故事：

清朝的詩人袁子才，他的房子正對一片竹林，他就在大門上題了一副對聯：

門對千竿竹，
家藏萬卷書。

竹林主人是俗客，他很討厭這個才子拿他的竹林作對聯。就故意把竹子都砍掉半截，看他怎麼辦。袁子才馬上在對聯每句下各加一個字：

門對千竿竹短，
家藏萬卷書長。

竹林主人更火了，索性把竹子全部砍掉，以爲這下他總沒得文章可作的了。誰知袁子才又從容地在每句下再加一字，對聯就成爲：

門對千竿竹短無，
家藏萬卷書長有。

眞是愈加愈精采，竹林主人原是想破壞，反倒成人之美了。

老師講完這故事，又對我說：「作對子不僅僅要每字意義音調相對稱，一句句子連起來要構成一個完整的意義，而且呈現出一份意境。如果只顧孤零零地一個字一個字地對，最後會出現很奇怪的而且不通的句子。」於是他又講了個笑話：

一個老師命學生作對子，學生說：「作對子太容易了，您不是說：『雲對雨，雪對風，晚照對晴空』嗎？」老師說：「不錯，現在我出個『梅』字，你對什麼？」學生馬上說：「竹」字。老師說「花」字，學生說「葉」字，老師說「落」字，學生說「上」字，老師說「地」字，學生說「天」字。老師說「魚」字，學生說「蟹」字，老師說「鱗」字，學生說「殼」字，老師說「白」字，學生說「紅」字。

老師笑嘻嘻地說：「好了，七個字都對出來了，而且很工整。現在我來念上句『梅花落地魚鱗白』。你倒念出你的句子看。」學生念道：「竹葉上天蟹殼紅。」老師大笑說：「我的一句是形容梅花飄落地面，像魚鱗似的一片片，你的一句又是什麼意思呢？」學生想來想去，想不出個意思來。這才領悟到剛才老師的話是對的。作對子要看整體的意義，再以相對的情景去配合，不能一個字一個字個別地對。如果老師一開始就把上聯念出來給他對，他就不會讓竹葉飛上天去，而且把不相干的蟹殼變成紅色了。

小朋友，你們看了這些對子，是否已對我們中國文句的對偶，也發生興趣呢？

祝

健康

琦君阿姨

宮花寂寞紅

親愛的小朋友：

你們一定聽到過「凡爾賽宮」這個有歷史性的響亮名詞吧！這是二百七十多年前，法王路易十四所創建的皇宮。在那以前，法國的皇族都是住在羅浮宮的。凡爾賽宮落成以後，羅浮宮就專門儲藏皇家藝術品與寶物，後來就成了世界上最偉大的藝術之宮了。凡爾賽宮的精緻豪華，世界任何建築都無與倫比。我這個原是土生土長的人，能前往一遊，也算開了眼界呢。

路易十四原可說是一位英明的君王，可是大人物一旦權力集於一身，即使不

「極惡」，也會「窮奢」起來。他召來世界最有名的建築師、藝術家，爲自己設計這座世界第一的皇宮。這一動念之間，法國的老百姓就注定遭殃啦！可惜他還等不及落成就死了，兒子路易十五才把它完成的。可惜他又是南征北討，連住在宮中享福的時間都沒有。倒是再下一代的路易十六，前人種樹，後人乘涼，帶著皇后在裡面作威作福，終於招來了覆亡的悲劇。

我們去遊玩的那天，天氣晴朗，遠遠望去是無邊無際的綠草坪，一排鐵柵門在陽光裡閃著光芒。導遊說那都是用純金裝飾的。我只去摸摸兩扇「金門」，拍一張照，也好沾一點「富貴氣」呀！

皇家花園占地數千畝。有噴泉、水池、森林。到處佇立著姿態不同的石雕。最壯觀的是噴泉。那天沒遇上特別表演的機會，所以沒看到千層萬層射向天庭的噴泉。錯過了也沒什麼可惜，因爲人工縱使巧奪天工，總沒有大自然中的千丈飛瀑或涓涓清流的永恆。小朋友，你說是嗎？

宮內門窗板壁，都是名家手跡的精雕細琢。飾以純金。最出名的是一座鏡廳，四圍是十七面大鏡子，把角度集中在一點。站在中央，一舉手一投足，鏡中人也跟著翩躚起舞。想見當年皇家嬪妃大臣宴歡時，釵光鬢影的盛況。如今一切都成死寂，那時的風流人物，都歸塵土，而鏡子卻明亮依舊，它也默默地照著成千成萬的觀光遊客。這不正是李白詩所說的：「古人曾見今時月，今月曾經照古人」嗎？在這鏡子前起舞，那有「舉杯邀明月，對影成三人」有情致呢？鏡子給人的是一分刻骨清冷的感覺，使我想到當時嬪妃們住在豪華宮中的寂寞心情。幸得在這座鏡廳裡，還召開過多項國際會議。第一次世界大戰結束時的凡爾賽和約，就是在此簽字的，總算為世人留下風雲際會的印象。

其他的后妃起居室、臥室，都顯得空空洞洞，陳飾寥寥無幾。據說是昏君路易十六的皇后瑪麗．安東尼，恃寵專橫，終於引起法國大革命。憤怒的民眾，衝入宮門，跳上陽臺，搗毀了家具，擄去路易十六和皇后，雙雙送上斷頭臺。所以家具器皿，蕩然無存。有限的陳設，還是後來富豪們從別國買回捐贈的。

記得在大學念書時，看過一部名片「絕代豔后」，就是描寫法國大革命故事的。

皇后瑪麗・安東尼由大明星瑙瑪・希拉主演。她從少女時代，就夢想當貴婦人，終於美夢成眞，入宮當了皇后，獲寵椒房，最後卻落得披頭散髮，被捆綁在囚車上，慢慢推向斷頭臺。可是她腦子裡浮起的仍是少女時代的興奮，喊著「我將成爲一位皇后，一位法國的皇后……」幕漸漸落下了。這印象，一直留在我腦海中。

走出皇宮，再漫步在花園中，頓覺地闊天高，森林花木，一片欣欣向榮。它們原是屬於大自然的，並不是哪一個權勢人物的專利品。就算是帝王們爲自己的享受所栽植的，它們承受的仍是天地間自然的雨露陽光。再有權力的帝王，也無法呼風喚雨，使樹木在一天裡長成一丈多高。所以多少風雲人物，作威作福的帝王，都已成枯骨，樹木卻仍舊萬古長青，春花年年開放。小朋友，你們對這樣的對比，有什麼感想呢？

我在草坪上看到許多紫色的小花，開得很茂盛。想想這座舉世聞名的凡爾賽宮，每天有著數不清的遊客來觀賞。花兒也盡量表現出它們的美麗姿態，它們一定不會像我國古代唐明皇宮中的花朵，開得很寂寞吧！那麼，我又何必老是想到「宮花寂寞紅」呢？

小朋友，你們還沒長大，目前不會去遊凡爾賽宮。但我寫出這些零零星星的印象和感想，聰明的你們，看了一定也能體會得到我的感受吧！　祝

健康

琦君阿姨

小茶匙與鑽戒

親愛的小朋友：

眞來不及要告訴你們一件出洋相的事兒，我差點當了一次「小偷」呢！事情是這樣的：

昨天氣候晴朗，不冷不熱，我就散步去附近的超級市場買點日用品與吃的東西，這也是我家居生活中的一分享受。在慢慢兒逛的時候，看到有一組三把小茶匙，非常可愛，就取來放在推車裡。可是茶匙太小，又是滑的，幾次都掉在地上，我只好把它捏在手裡。在買其他東西時，一隻手感到很不方便，不知不覺地就把茶匙放進外衣口袋裡了。這不是「順手牽羊」了嗎？但當時我是完全不知不覺的。更糟的是到算帳時竟完全忘掉口袋裡還有三把小茶匙了。回到家中，一摸口袋才發現，自己當了小偷啦！這怎麼辦呢？三把茶匙雖不到兩元，但不付錢就是偷呀！於是我丟下東西，趕緊又回到市場，找到那位女服務員，把茶匙和錢拿給她，告訴她經過情形。她聽了大笑說：「你眞誠實，你是中國人吧！」我得意地說：「我是中國人，從臺灣來的。」她立刻說：「哦，我母親去臺灣玩過，她說臺灣風景好美，人也好和氣啊！我是打工的學生，現在沒錢遊歷，將來也想去玩呢。」我說：「歡迎你來，我招待你。」那時生意不忙，我們還談了幾句話。我捏著付過錢的茶匙回來，心裡好踏實。因爲我究竟沒有當「小偷」，還因此爭取了美國店員對中國人誠實的好印象呢！

這件事，卻使我想起一位朋友告訴我的一件有趣故事。她有個朋友去百貨商店買手套，試了好幾雙都沒有合意的，有一副套進去時覺得手指緊緊的，脫出來時，右手無名指上竟多了隻亮晶晶的鑽戒。一定是那一個粗心大意的富婆在試手套時滑在裡面的。這是一隻眞正的鑽戒，她是識貨的。因爲她正好在一家猶太人開的首飾店裡做事。這時左右無人，即使有人，也沒哪個知道鑽戒不是她的，不拿白不拿嘛，她就給收在手提包裡了。手套當然不買啦！回家以後，她興匆匆地把鑽戒亮給

丈夫看。丈夫問：「你要幾週的工資才能買得起這個鑽戒呀！是老闆讓你拿出來作樣品兜生意的吧！」她得意地搖搖頭說：「不是不是，是天上掉下來，被我撿到的。」然後把實情告訴丈夫。丈夫立刻說：「把戒指送回去。」她生氣地說：「又不是偷的，是我無意中套上的，誰有運氣誰都可以拿。」可是她丈夫斬釘截鐵地說：「不可以，你一定要送回去，交給失物認領處，你以後心裡才會平安。你若不送回去，我就把它捐給慈善機構。總之，我不能看到你戴上這隻不明不白的鑽戒，這會使你我都感到羞恥的。」太太哭喪著臉，苦苦地把一隻亮晶晶的鑽戒送回去了。她當時心裡好不開心，覺得她丈夫眞是誠實得太過分了。好多天裡，她一直念念不忘那隻原可屬於她的可愛鑽戒。好運道來臨，卻輕輕地錯過了。

過不了幾天，是她的生日，她丈夫送她一樣禮物，精緻的紅絲絨小盒，打開來，裡面是一隻玲瓏的鑽戒。鑽石比她「得而復失」的那隻小一點，但式樣更漂亮。

她高興得跳起來。對丈夫說：「你眞好，你眞好。」

丈夫說：「這隻鑽戒，你可以安心地戴了，因爲是我送你的，不是你從別人手套裡摸出來的。」

小朋友，你們是不是覺得這個小故事好有趣，也很感人呢？她起初覺得那隻鑽戒是天賜好運道，但因她接受了丈夫的勸告，誠實地送回去，就來了眞正的好運道，她得到丈夫的獎賞——一隻她夢寐以求的鑽戒。

這個故事，和我「偷」茶匙的故事比起來，曲折有趣得多了。而且茶匙與鑽戒相比，價格也天差地別。但做人要誠實，這個意義卻是一樣的。

人生的所謂好運道，不會從天上掉下來的，那是要靠自己努力得來的。比如你們學業成績得了高分，操行品評得到甲上，豈不是由於平日的努力嗎？

想起我在念中學時，我們發揮了很高的團隊精神。課堂的安靜與清潔，一直保持甲等。學期終了時，我們班上得到一顆金星，作爲獎勵。級任導師對我們說：「這顆星不是學校老師給你們的，而是你們自己頒給自己的榮譽。」

直到今天，我都記得老師這句話。

小朋友，我把這些故事講給你們聽，希望你們努力爭取一生中的好運道，也為自己頒一顆榮譽的金星！　祝

健康快樂

琦君阿姨

母親的花

親愛的小朋友：

過完兒童節，轉眼又是母親節。你們在兒童節一定過得非常快樂，可有沒有想到，在母親節也讓親愛的媽媽享一天清福呢？

我有一個年輕的美國朋友，她的名字叫琴娜，已經是一個三歲孩子的媽媽了。她是農莊長大的女孩，有著東方女性的嫻靜氣質，勤勞樸素，非常孝順雙親，這也是我們談得來的原因。

有一次，我去給她賀生日，她放下身邊所有的工作，專心致志地，利用裝雞蛋的粉紅淺綠保利龍盒子，剪下一塊塊圓鼓鼓的部分，做出兩朵盛開的大花。紅花綠葉相配，非常美麗，像牡丹花，也像荷花。她又驅車去買了一束康乃馨鮮花，邀我一同去看她母親。我問她自己手做的是什麼花，她高興地說：「我稱它母親的花，因爲這是從小母親教我做的。母親好儉省，一隻空盒也捨不得扔掉，都要利用它們來做出各種的玩具或家庭用具。你看我床頭的檯燈罩還是我念中學時，母親教我用塑膠罐子剪開來拼搭而成的。雖然那麼舊了，我仍捨不得扔。我跟媽媽學會好多手藝，也學會了儉省過日子。所以我生日這一天，一定要做兩朵花送給母親。她看了好高興，覺得沒白疼我這個獨生女呢。」

她說話時眼神裡充滿了對慈母感激的神情，令我好感動啊！

她又取出一張素淨的卡片，在上面用彩色粉筆畫了一位胖胖的母親，手裡編著毛線，一個小娃兒蹲在她身邊，那是她自己，再畫一隻小貓在玩絨線球。然後用紅筆寫著以下的句子：

媽媽，我好愛您！
每逢我的生日，就格外想念您，因爲
您給我生命，帶我長大，賜我智慧與健康
使我得以享受人間幸福。
自從我自己做了媽媽以後，
更懂得愛您有多深。
每年我都送您一張畫，
您看了都高興得落淚。
因爲那是我們母女相依的幸福時光。
如今我已長大、成家了，
但在我心中，
我們母女仍偎依在一起，
直到永遠！

這只是我譯出的大意。她的英文詩句比我譯的好千萬倍。當時我讀了一遍又一遍，淚水幾乎滴落在卡片上。

琴娜說：「世人都很重視自己的生日，做父母的也很重視子女的生日，爲他們祝賀。但很少人想到，你的出生長大，讓母親吃了多少苦，擔了多少憂。所以我總是在生日這天，特別向母親表示感恩。」

我對她說，我們中國也有一句話，稱自己生日爲「母難日」。因爲母親在生死邊緣的掙扎中，把嬰兒帶到世界來。那是心靈負擔最沉重，肉體上最痛苦的一天。所以生日那天，信佛的都吃素，保佑母親健康，長生不老，母親已去世的，就祝她在天之靈快樂安寧。

琴娜聽了也很感動。

可是今日大家生活忙碌，往往把自己生日和母親生日統統忘記，那裡能像琴娜這麼細心畫卡片、寫詩、做花送母親呢？

幸得現在文明時代有個統一的母親節，使做子女的不會忘記，在百忙中匀出點心情，對母親表示思念感恩之情。儘管只是一張印好現成的賀卡，或一通三言兩語的電話，總比什麼都沒有好吧！

記得二十多年前，我臥病動手術時，迷濛中醒來，看見枕邊一張卡片，畫了一朵花，歪歪斜斜的字寫著：「媽媽，祝你開刀不要痛。」兒子畫的大概是康乃馨吧，卻像一朵菊花。不管是什麼花，那就是一朵「母親的花」啊！

小朋友，今年的母親節，你們怎樣給媽媽慶祝呢？我在此遙祝你們每一位的媽媽都健康快樂。

願「母親的花」永不凋謝！

琦君阿姨

琦君作品集 13

鞋子告狀

琦君寄小讀者

著者　琦　君

內頁繪者　琦　君

封面繪者　劉彤渲

發行人　蔡文甫

出版發行　九歌出版社有限公司

臺北市105八德路3段12巷57弄40號

電話／02-25776564・傳真／02-25789205

郵政劃撥／0112295-1

九歌文學網　www.chiuko.com.tw

印刷　晨捷印製股份有限公司

法律顧問　龍躍天律師・蕭雄淋律師・董安丹律師

初版　2004年8月10日

增訂新版　2014年12月

新版6印　2021年5月

定價　220元

書號　0110013

ISBN　978-957-444-972-9

（缺頁、破損或裝訂錯誤，請寄回本公司更換）

國家圖書館出版品預行編目資料

鞋子告狀：琦君寄小讀者 / 琦君著.
– 增訂新版. -- 臺北市：九歌, 民103.12
面； 公分. -- (琦君作品集 ; 13)

ISBN 978-957-444-972-9(平裝)

859.7　　103021743